桶狭間で死ぬ義元

白蔵盈太
SHIROKURA Eita

文芸社文庫

おことわり

皆様すでに十分ご存じのことかと存じますが、本作の主人公である今川義元は、この物語が始まる享禄四年（一五三一年）から三十年後、永禄三年（一五六〇年）に、かの有名な桶狭間の戦いで織田信長の奇襲を受け、**四二歳で死にます。**

目次

言葉の横についている数字、（1）などは、
巻末の用語解説の符号です。

登場人物

- 今川義元（いまがわよしもと）　今川家の全盛期を築いた名将。桶狭間の戦いで織田信長に敗れて死ぬ。
- 太原雪斎（たいげんせっさい）　義元の補佐役を務めた名僧。
- 寿桂尼（じゅけいに）　今川義元の母。
- 今川氏真（いまがわうじざね）　今川義元の嫡男。
- 北条氏綱（ほうじょううじつな）　今川家の東の隣国、相模国の国主。
- 北条氏康（ほうじょううじやす）　北条氏綱の長男。氏綱の後を継いで関東八州を制した名将。
- 武田信虎（たけだのぶとら）　今川家の北の隣国、甲斐国の国主。
- 武田晴信（たけだはるのぶ）　武田信虎の長男で、のちの武田信玄（しんげん）。甲斐・信濃二州を制した名将。
- 織田信秀（おだのぶひで）　今川家の西の隣国、尾張国の国主。
- 織田信長（おだのぶなが）　織田信秀の長男。桶狭間の戦いで今川義元を奇襲で討ち取る。
- 松平広忠（まつだいらひろただ）　今川家が実効支配する三河国の豪族。
- 松平元康（まつだいらもとやす）　松平広忠の長男で、幼名は竹千代（たけちよ）。のちの天下人、徳川家康（とくがわいえやす）。

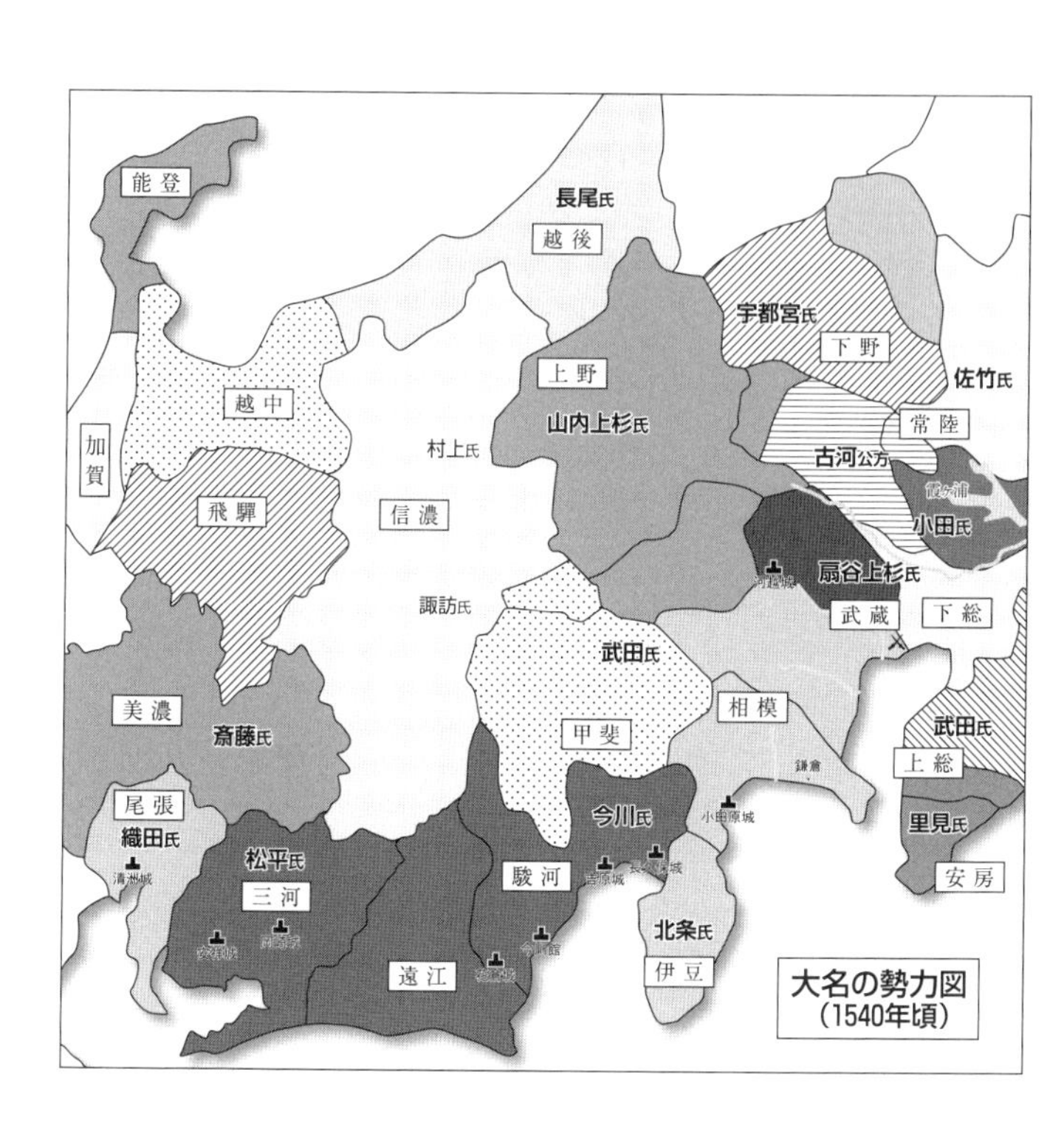
能登
長尾氏
越後
宇都宮氏
下野
佐竹氏
加賀
越中
上野
山内上杉氏
常陸
村上氏
古河公方
飛騨
信濃
小田氏
扇谷上杉氏
諏訪氏
武蔵
下総
武田氏
相模
美濃
斎藤氏
甲斐
武田氏
上総
鎌倉
尾張
今川氏
小田原城
織田氏
里見氏
松平氏
清洲城
駿河
吉原城
安房
三河
北条氏
今川館
遠江
伊豆
大名の勢力図
(1540年頃)

一年目　享禄四年（一五三一年）　今川義元　一三歳

この類まれなる御曹司を、こんな田舎寺に埋もれさせてなるものか。

決して誰にも言うことはないが、善得寺の僧、太原雪斎（たいげんせっさい）は一人秘かにそんな決意を固めていた。方菊丸（ほうぎくまる）という名の、自分が教育係を務めるこの今川家の御曹司を、どんな汚い手を使ってでも世に出してやると心に誓った。

俗世での栄達を捨て、煩悩を振り払う修行をする禅僧にはあるまじき、ギラギラした野望である。だが、雪斎自身はそれを野望だなどとは思っていなかった。

これは責務である。

自分が方菊丸とめぐり会ったのは、前世の因縁によるものだ。そしてこのお方を支えて今川の家を栄えさせることこそ、この世における自分の役回りなのだ。

最近の雪斎は半ば自分自身に言い聞かせるように、そんなことばかり考えている。

雪斎と方菊丸の出会いは、九年前にさかのぼる。

ある日、駿河国（静岡県）でも指折りの名僧と讃えられる雪斎の元に、駿河を支配する今川家の使いの者がやってきた。当主の息子を寺で預かって、雪斎に教育係を務めてほしいという依頼だった。

要するに、厄介払いだな——

雪斎は最初、この依頼を断った。

預かってほしいと頼まれた方菊丸は当主の五男だという。上に四人も兄がいては、もはや方菊丸が今川家の家督を継ぐ可能性はほぼないと言ってよい。家督相続の際に揉め事の種になりかねないので、そのような大名の子は幼いうちにさっさと出家させられて寺に預けられるのが常だ。

断るにあたってはもっともらしい理由をつけたが、本音としては、預かったところで何の得るものもない五男坊などを押し付けられるのは御免だというところである。

だが今川家も、高名な雪斎に依頼を断られたとあれば御家の威信に関わる。当主自らがぜひにとしつこく願うので、とうとう断りきれず、渋々ながら教育係を引き受けることとなった。

そしてそのことが、雪斎の運命をすっかり変えてしまった。

「方菊丸ともうします。未熟者ではございますが、おししょうさま、ご指導、よろしくおねがいいたします」

善得寺にやってきた方菊丸は、ちょこんと正座してそう言うと礼儀正しく頭を下げた。文言はお付きの者から教わったものをそのまま言っているだけだろうが、それにしても四歳の幼児にしては実に見事な挨拶だった。

幼子ながらに全力で立派に振る舞おうとする方菊丸の健気な姿を見て、雪斎は思わず頬を緩めた。

「ははは。これはこれはご丁寧な挨拶、痛み入りますな。そんなふうにきちんと正座をしていたら痛いでしょう。足を崩して頂いて結構ですぞ」

ところが、笑顔でそう言われても方菊丸は頑なに正座をやめようとしない。

「まあまあ、そう固くならずとも。これからは、この寺が方菊丸様のお家ですからな。十分におくつろぎくださりませ」

雪斎はそう言って優しく促したが、方菊丸はふるふると首を左右に振って足を崩すことを必死で断っている。雪斎が怪訝な顔をしていると、方菊丸はいまにも泣きだしそうな表情で、絞り出すように言った。

「だって……おししょうさまが……ちゃんと座ってるから……」

弟子の自分が足を崩すわけにはいかないというのだ。この歳でそんなことにまで気が回るのか、とんでもなく大人びた子供だな、と雪斎は目を丸くした。

そして、その出会いから九年。師弟として長い日々を共に過ごすうちに、雪斎はすっかり方菊丸の資質の虜となってしまったのである。

たった四歳で親元を離され、寺に一人きりで預けられたというのに、方菊丸はそんな自分の境遇に恨み言ひとつ言おうとしない。それどころか、六歳かそこらで、

「私の役目は、京に上って、えらいお公家様や名のあるお坊様と仲良くなって、今川の名を高めることなのですよね」

などと言っては、自分から進んでその役回りを演じようとするのだ。この年代の子供はまだ、駄々をこねたり理屈の通らない我がままを言い張ったりするのが普通だろう。だが雪斎は、方菊丸が大人を困らせている場面をほとんど見たことがない。

それに、方菊丸は生徒として実に優秀だった。

なまじ深い知識を持つだけに、雪斎は自分でも気づかぬうちに、方菊丸の年齢では到底理解できないような難解な話を始めてしまうこともしばしばあった。だが、そんな時も方菊丸は「わからない」とは決して言わない。

「なるほど。それはこういう意味でございますか」

と言って、雪斎の言葉の意味するところを自分なりに考えたうえで質問を返してく

るのだ。

それで雪斎はようやく自分の説明が難しすぎたことに気づき、より嚙み砕いた説明に慌てて切り替えるのだが、これくらいの歳の子はたいてい、少しでも内容がわからなくなった時点ですぐに興味を失うか、癇癪を起こしてさっさと投げ出してしまうものではないのか。

それに、そういう時の方菊丸の質問は確かに的外れではあるものの、それでも当たらずとも遠からずで、手持ちの知識をつなぎ合わせて、正解にかなり近いところまで自力でたどり着いていることがわかる。とてつもない勘の良さと言えた。

十歳にも満たぬ子供に気を使われているようで、これではどちらが師匠でどちらが弟子かわからぬな――

そんなわけで雪斎は、方菊丸にものを教えている間はずっと気が抜けなかった。少しでも油断すると、方菊丸に痛いところを突かれてすぐに自分の未熟さに気づかされてしまうからだ。なんという聡明で、老成した子だろうか。

この方が五男などではなく、もし長男として生まれていれば――

雪斎の中にそう惜しむ気持ちが徐々に生まれてくるのも、無理のないことだった。

この今川の御曹司・方菊丸こそが、のちに「海道一の弓取り」と称され、名門・今川家の全盛期を創り上げた名将・今川義元である。

そして太原雪斎は、この先の生涯ずっと義元の側近くにあって、彼の覇業をその智謀で陰から支える知恵袋となる。雪斎という最高の補佐役がいたからこそ、義元は北の武田信玄、東の北条氏康といった、戦国時代を代表する名将たちと互角に渡り合うことができたと言っても過言ではない。

とはいえ、この頃は義元も雪斎もまだ、善得寺で暮らす僧侶のひとりにすぎない。自分は僧として寺に骨をうずめるものだと義元自身は信じて疑っていなかったし、太原雪斎もまだ、師匠から授かった九英承菊という法名を名乗っている。


昨年、十二歳になった方菊丸は得度[1]を受け、正式に僧になった。

京の仏教界への顔見せの機会でもあるこの儀式に、雪斎は自らの伝手を駆使して京から数多くの名のある僧を呼んだ。この時代、寺社とのつながりを作っておくことは各地の大名にとって重要な外交戦略のひとつである。いずれ今川の家中においてその役割を担うことになる方菊丸にとって、この儀式はその第一歩にあたる。

方菊丸の母である寿桂尼は、家督を継いだ長兄の氏輝のほうにつきっきりだ。四歳で手放した方菊丸のところになど普段ほとんど顔を見せもしない。だがこの晴れの日ばかりは、駿府から一日かけて片田舎の善得寺までやってきた。雪斎はここぞとばか

と上から目線なんじゃないの！」

「小娘がでっけえ口をたたくんじゃねえよ。こう見えても、女暴走族上がりなんだ。いつでも一対一の喧嘩張ってやるよ」

「嘘でしょ⁉」

キャバクラ嬢が須賀に顔を向けてきた。

「本当だよ。怒らせると、怖いぞ」

「あたし、喧嘩を売るつもりはなかったの」

「安心しろ。連れに手出しはさせないよ。参考までに、きみの名前を聞いておこうか」

「小坂なつみ、源氏名は真梨江よ。店の名は『シャネルクィーン』って言うの」

「わかった。協力、ありがとう！」

須賀はキャバクラ嬢の肩を軽く叩いて、相棒に目配せした。二人は三〇四号室から離れ、低層マンションの階段を駆け降りた。

須賀はスカイラインの運転席に入ると、山梨県の大月にある里中の実家に電話をかけた。受話器を取ったのは里中の父親だった。須賀は刑事であることを明かしてから、型通りの悔みの言葉を口にした。

「倅は親不孝者です。何が不満だったのかわかりませんが、グレてしまって、暴力団に入ったりしてね。だから、こんなに早く死ぬことになったんですよ。身から出た錆

だ。ええ、そうですとも」

「息子さんが荒木組を破門されたことはご存じでした？」

「そのことは仲洋から直に電話で聞きました。これを機会に足を洗って、大阪で働くつもりだと言ってたんですけどね」

「大阪には、どなたかお知り合いがいたのでしょうか？」

「わたしは一面識もないんですが、ビルの解体工事請負会社を経営されてる川端峰雄さんという方が雇ってくれると言ってましたね」

　里中の父が答えた。

「息子さんは、ひとりで大阪に行くと言ってました？」

「いいえ、足を洗った仲間たち二人も一緒に行くようなことを言ってたな」

「そうですか。お取り込み中のところをありがとうございました」

　須賀は通話を切り上げ、助手席の理恵に電話の内容を伝えた。

「神戸の最大組織が浅草の博徒一家を傘下に取り込んで、東京進出しましたよね。大阪の浪友会は破門された東郷たち三人を味方につけて、東京にたくさん拠点を作る気なんじゃないかしら？」

「そうだったとしたら、浪友会の川端は東郷たちに巨額の売上金を強奪させて、それを東京進出の軍資金にしようと企んでたのかもしれないな。東郷たちに首都圏の弱小

組織を取り込ませて、その見返りに拠点の大幹部のポストを与えると約束してたんじゃないか」

「それ、考えられますね。川端の連絡先を調べてみます」

理恵がポリスモードを使って、職場の本部に連絡を取った。

組織犯罪対策部第四課には、全国の広域暴力団関係者の個人情報がおおむね揃っている。浪友会の川端の自宅は造作なくわかるだろう。

理恵は、数分で電話を切った。

川端の自宅は大阪市天王寺区にあった。須賀は浪友会の理事を装って、川端の自宅に電話をかけた。使ったのは私物のスマートフォンだ。刑事用携帯電話を用いたら、素姓を覚られかねない。電話口に出たのは川端の妻だった。

「旦那はどこにおるん？　緊急に会うて相談したいことがあるんや」

須賀は関西弁で言った。

「いやあ、困りましたわ。川端は五日前から東京に行ってますねん。きのうの電話やと、あと二、三日は大阪に戻れん言うとりました」

「宿泊先はどこや？」

「赤坂西急ホテルの一五〇一号室におる思います」

「そやったら、わしも東京に行ってみるわ」

「お名前、確認させてもろてもええですか?」

相手がメモの用意をする気配が伝わってきた。

須賀は電話を切り、スカイラインを走らせはじめた。ハンドルを捌きながら、相棒に川端の居所がわかったことを伝える。

赤坂見附にあるシティホテルに到着したのは二十数分後だった。覆面パトカーをホテルの地下駐車場に置き、高層用エレベーターで十五階に上がった。

相棒の美人刑事がホテルの従業員に化け、一五〇一号室のドアを開けさせた。姿を見せたのは四十六、七歳の男だった。小太りで、髪を短く刈り込んでいる。

「浪友会の川端峰雄だな? 警察だ」

須賀は先に部屋の中に踏み込んだ。すかさず理恵が入室し、後ろ手にドアを閉める。

「警察手帳を見せいや」

「関西の極道は幹部になっても、まるでチンピラだな。もう一度、訊く。川端だな?」

「そうや。けど、わしは関東の刑事に追われるようなことはしてへんで。警察手帳も出さんと、何言うとんねん!」

川端が気色ばみ、前蹴りを放ってきた。

須賀は、わざと蹴りを躱さなかった。右の向こう臑を蹴られた。

「とりあえず、公務執行妨害だ」

須賀は川端の右腕を捩上げ、手早く後ろ手錠を打った。

体を探ると、ベルトの下にベレッタ303トムキャットを差し挟んでいた。イタリア製の護身拳銃だ。

「銃刀法違反も加わったな」

「そいつはモデルガンや」

「往生際が悪いな。東郷、里中、沖の三人を毒殺したのは誰なんだっ。青酸カリ入りの赤ワインを三人に差し入れたのは、そっちの直系の舎弟なんじゃないのか？」

「なんの話かさっぱりわからんわ」

「それじゃ、桜田門の取調室で対談としゃれ込もう。歩くんだ！」

「弁護人に連絡させてんか」

川端が弱腰になった。須賀は黙殺して、川端の肩を強く押した。

背後で、相棒が小さく笑った。嘲笑だろう。

4

趣味が悪い。

壁には、大鹿の首が飾られている。大理石のマントルピースの上に置かれているの

は、荒鷲の剝製だ。関東義誠会の日垣良秋会長の自宅の応接間である。

目黒区柿の木坂の邸宅街の一角にある会長宅は、ひときわ目立つ豪邸だった。敷地は六百数十坪で、数寄屋造りの家屋は下手な旅館よりも大きい。

堀内弁護士は大理石のコーヒーテーブルを挟んで日垣会長と向かい合っていた。軽油密造屋と会った翌日の夕方である。

「先生が法の盲点を教えてくれたんで、前々から目をつけてた銀座のテナントビルを相場の三分の一で手に入れることができた。感謝してますよ」

日垣が笑顔を見せた。たるんだ頰が震えた。ブルドッグを想わせる顔は血色がいい。肌艶もよかった。日垣は毎朝、スッポンの生血を飲んでいる。若い愛人を三人も囲っていた。六十二歳ながら、少しも枯れていない。

「わたしも、あなたには感謝してる」

「先生、嬉しいことを言ってくれますね」

「検事時代には想像もつかなかったような高収入を得られるようになったのは、まさに会長のおかげです。あなたの紹介で有力政治家や財界人と親しくなれて、一流企業三十数社の顧問弁護士になれたのですから。顧問料だけで年間二億以上稼がせてもらってますし、民事裁判の成功報酬で十四億近く入ってきます」

「それだけじゃないでしょ？　裏の法律相談の実入りも大きいはずです」

「会長、あまりいじめないでくださいよ」

堀内は笑ってごまかし、冷めかけたコーヒーを啜った。これまでに日垣会長に法の抜け道を伝授し、十数億円の謝礼を貰っていた。領収証は一度も切っていない。つまり、裏収入である。

「先生とおれは生い立ちが似てるから、なんとなく力になりたくなるんだよ。以前に話したことがあると思うが、おれは小学生のころに新聞配達をしてたんだ。親父は流れ板前で大酒飲みだったから、おふくろは働きづめだった。それでも、暮らしはきつかったね。おれと三つ下の妹は、いつも腹を空かせてましたよ。中卒のおれがビッグになるには、裏社会で生きるほかなかったんだよね」

「わかりますよ。わたしの妹や弟も義務教育しか受けられなかったので、社会でいまも苦労しています」

「先生が援助してやりなさいよ」

「妹や弟にもプライドがあるらしくて、わたしの支援を受け入れようとしないんです」

「それは立派な心掛けだな。おれの妹なんか、ランジェリー販売会社がうまくいってないとか言って、しょっちゅう泣きついてきやがる。少し甘やかしすぎたかな。それはそうと、これは先日の指南料です」

日垣が大島紬の袂から一通の預金小切手を抓み出し、堀内の前に置いた。額面は

四千万円だった。

「こんなにたくさんいただいちゃってもいいのかな。わたしは、ちょっと裏技を教えただけなのに」

「いいから、収めてよ」

「それじゃ、遠慮なく頂戴(ちょうだい)します」

堀内は預金小切手を押しいただき、ビジネス手帳に挟んだ。

そのとき、応接間のドアがノックされた。日垣が大声で応答した。ドアが細く開けられ、部屋住みの若い組員が顔を見せた。

「大森署刑事課の者が来て、破門扱いになった東郷、里中、沖のことで会長にお目にかかりたいと……」

「いま、来客中だ」

「別室に通しましょうか？」

「いや、日を改めてもらえ」

日垣が怒った顔つきで命じた。相手が一礼し、すぐにドアを閉めた。

堀内は前の晩、東郷たち三人の元組員が平和島の倉庫ビル内で何者かに毒殺されたという事件は知っていた。破門された三人が一連の現金集配車襲撃事件に関与している疑いを警察に持たれているという噂も闇社会の人間から聞いていた。

「破門された三人は昨夜、毒を盛られて死んだんでしょう?」

「そうらしいね。おれは坪井、荒木、権藤の各組長から三人を破門にしたという報告は受けてるが、そいつらのことはよく知らないんですよ。もちろん、三人の名前と面は知ってるけどさ」

日垣は喋りながら、わずかに目を逸らした。

堀内は、それを見逃さなかった。後ろ暗さがあったから、視線を外したのか。

そうだとしたら、日垣会長が三人の元組員に大型スーパー、ディスカウントショップ、パチンコ店の売上金を現金集配車ごと強奪させたのかもしれない。景気は完全には上向いていない。関東の御三家も上納金は年々、少なくなっていると聞いている。

首都圏で四位にランクされている関東義誠会も台所は苦しいのではないだろうか。

武闘派で鳴らした日垣会長は合法ビジネスが苦手なようだ。それでいて、金銭欲は人一倍強い。荒っぽい方法で巨額を手に入れる気になったのか。実行犯の三人が元組員なら、捜査当局にすぐに疑われることはないだろう。

「実は、先生に力を貸してほしいことがあるんですよ」

日垣が前屈みになって、声を潜めた。

「経営不振に陥ってる例の総合病院に、等価交換方式で診療所付きの分譲マンションを共同開発しないかと持ちかける気になられたのかな」

「いや、そうじゃないんだ」

「それじゃ、彼女のひとりと手を切る気になられた?」

「三人の愛人とは、まだ別れる気はありませんや。それぞれいい面がありますからね。自律神経失調症で苦しんでる女房には悪いけどさ、こっちはまだ現役の男だからね。セックスレスじゃ味気ないでしょ?」

「そうでしょうね、いまの六十代は若いから」

「倅の数馬が西北大の法学部を出てから何年も司法浪人をやってることは、先生もご存じでしょ?」

「ええ。数馬君、いくつになりました?」

「来年の夏には満三十歳になります。息子は司法試験にチャレンジすることに疲れてしまったようですけど、おれはどうしても合格させてやりたいんですよ。親馬鹿と笑われるかもしれないが、あいつ、頭は悪くないんだ。だから、数馬に是が非でも弁護士になってほしいと思ってる。倅が弁護士になれば、おれも何かと心強いし」

「そうでしょうね」

「堀内先生、来年度の学科試験の出題内容を事前になんとか探り出してもらえないかな」

「えっ⁉」

「例年、学科試験は五月に行われてるから、新司法試験の出題と採点を担当してる法務省の〝司法試験考査委員〟たちはそろそろ来年度の問題作成に取りかかってるんじゃないの？　謝礼は一億円、用意しますよ。それで不満なら、さらに五千万上乗せしてもいい」

「日垣会長、いくらわたしでもそこまではできません。司法試験はフェアな国家試験です。三流医大に裏口入学するようなわけにはいきませんよ。不正が通用しない聖域なんです」

堀内はやんわりと断った。

そのとたん、日垣の表情が険しくなった。目は尖っていた。思わず堀内は気圧されて、伏し目になった。日垣が無言で右手を左の袂に突っ込んだ。数秒後、袂から音声が洩れてきた。日垣と堀内の会話だった。

日垣が歪んだ笑みを浮かべながら、袂からICレコーダーを取り出し、コーヒーテーブルの上に置いた。

再生された音声は、数カ月前に録音されたものだ。堀内は得々と法律の裏技を教えている自分の声を耳にし、危うく声をあげそうになった。全身が粟立った。

「先生の指導があったから、株の売り抜けは証券取引法に引っかからなかったんだよな。インサイダー取引にもならずに済んだ。おかげさまで、二十二億ほど儲けさせて

もらいました。あのときは、確か堀内先生に一億五千万円の指南料を払ったんだったな」

「そうでしたかね。たくさん法律相談を受けてるんで、報酬のことは細かく記憶してないんですよ」

「リッチマンは言うことが違うね。おれは一億円以上の銭(ぜに)が懐に入ったら、全部憶(おぼ)えてるよ。ま、いいや。領収証は貰わなかったが、おれは先生に間違いなく一億五千万の分け前をやった」

「日垣会長、ちょっと待ってください。分け前という言い方には少し引っかかりますね」

「いまごろ善人ぶることはないでしょ？　はっきり言わせてもらうよ。堀内先生、あんたはいまや悪徳弁護士だ。昔は東京地検の鬼検事だったんだろうが、いまは堕落(だらく)しきってる」

「それは言い過ぎじゃないのかな」

「自己弁護したい気持ちはわかるけど、先生はおれたちと同じ穴の狢(むじな)なんだよ。変にカッコなんかつけないほうがいいと思うな」

日垣が言って、ＩＣレコーダーの停止ボタンを押した。

音声が熄(や)む。堀内は少し居(い)たたまれない気分から解放された。

「誰に似たのか、数馬は驚くほど神経が細いんですよ。来年も司法試験に通らなかったら、息子は自殺するかもしれない。自尊心が強い奴だから、みっともなくて生きつづけられない気持ちになると思うな」

「人生の選択肢は一つじゃありませんよ。弁護士になれないからって、何も絶望することはない。現在、およそ三万八千人の弁護士がいますが、平均年収は六百数十万円なんですよ。それほどいい職業じゃないでしょ？」

「司法試験に合格したから、先生はそんなことが言えるんですよ。数馬は高校生のころから、弁護士になることをめざしてたんだ。あいつは真面目に勉強してきたんですよ、悪い遊びの誘惑に負けないでね」

「そのことは偉いと思いますが、自分に適った人生コースはほかにもあるはずです」

「先生は、数馬に夢を棄てろとおっしゃるわけか」

日垣が、また目に凄みを溜めた。

堀内は頰が引き攣った。恵まれなかった家庭環境から、社会の底辺や裏街道に吹きだまった弱者やアウトローたちに心情的に温かい眼差しを向けてきたが、そうした考えは独りよがりの人道主義だったのかもしれない。

牙を剝きかけた日垣を見て、自分の甘さや稚さを思い知らされた。とことん堕ちた者は、性根まで腐り切ってしまったのだろう。

日垣は表社会では受け入れられなかったことで僻み根性を募らせ、いつしか人間不信に陥ってしまったにちがいない。それだから、同じような生い立ちの他人に対しても心を許せなくなったのだろう。

「おれたち渡世人は孤立無援なんです。だからね、てめえが望んでるものはすべて力で勝ち取らなきゃならないんですよ。目的のためだったら、暴力をふるったり、汚れた銭も遣う」

「………」

「堀内先生は恩人だし、よき相談相手でもある。この先も、ずっといい関係でいたいんだよな。おれの気持ち、わかってもらえるでしょ？」

「わかります。わたしだって、日垣会長にはいろいろ世話になりましたから、それなりに恩義は感じてますよ」

「だったら、数馬のために一肌脱いでくださいよ。この通りです」

日垣が両手でコーヒーテーブルの端を摑み、深々と頭を垂れた。旋毛まで晒した。

「会長、頭を上げてください」

「超大物弁護士か法務省のエリート官僚あたりをつっつけば、〝司法試験考査委員〟をやってる法科大学院教授に接触できるでしょうが。そいつにちょいと鼻薬をきかせれば、来年度の学科試験の出題内容はわかりそうだな」

「えっ」

「弁護士会は三つあるんでしたよね。東京弁護士会、第一弁護士会、第二弁護士会の三つが。先生は第一弁護士会に所属してる」

「ええ、そうです」

「おれの情報によると、東京弁護士会の後藤勇会長は人権派弁護士として広く知られてるけど、病的な女好きらしいね。七十一歳になっても、女遊びをしてるって噂を耳にしてる」

「わたしも、そういう噂は聞いています。後藤会長にとって、女道楽がエネルギー源になってるんでしょう」

「堀内先生は当然、後藤会長と面識があるんでしょ？」

「ええ。検事時代はそれなりに敬意を払ってくれてましたが、ヤメ検弁護士になってからは法曹関係のパーティーで顔を合わせても口を利いてくれなくなりました。おそらく金ばかり追いかけてるわたしのことを後藤会長は軽蔑してるんでしょう」

「後藤会長は、どんな女が好きなんです？」

「そこまではわかりません」

「話のわかる芸能プロの社長と親しくしてるんで、所属女優を使って大物弁護士をセックス・スキャンダルの主役に仕立てるか」

「相手は老獪（ろうかい）な弁護士なんです。その手の色仕掛け（ハニートラップ）には引っかからないでしょう」

「だったら、先生が後藤会長の愛人（レコ）のことを調べてくださいよ。若い者（もん）にその女を拉致（らち）させて、おれが大物弁護士に裏取引を持ちかけてもいい」

「そんな荒っぽい手を使ったら、逆効果になると思いますがね」

「それなら、堀内先生が何かいい手を考えてよ。謝礼は二億円払う」

「しかし……」

「先生、断る気かい？　それならそれで、こっちも遠慮はしないよ。悪徳弁護士のスペアがまったくいないわけじゃないからね」

「日垣会長のご希望に添えるかどうかわかりませんが、後藤会長の弱みを少し探（さぐ）ってみましょう」

「やっぱり、先生は頼りになる男だ」

「きょうは、これで失礼します」

堀内は預金小切手を挟んだビジネス手帳を黒革の鞄に収め、総革張りのソファから立ち上がった。

日垣も腰を浮かせた。いつの間にか、ふだんの表情に戻っていた。

応接間を出ると、広い玄関ホールの隅（すみ）にうずくまっていたドーベルマンがむっくりと起き上がった。日垣にまっしぐらに駆け寄り、嬉しげにじゃれついた。

「ボビー、ほったらかしにしてすまなかったな。後で散歩に行こうな」

日垣が片膝を床に落とし、愛犬を愛しげに抱き寄せた。

「会長に甘え切ってますね」

「こいつは、おれの次男坊なんだ。まだ三歳なんだが、負けん気が強くてね。先週、道で行き合った他所の土佐犬の喉元に噛みついて、尻尾を巻かせたんですよ」

「会長と同じ武闘派なんですね」

「オスは弱っちくちゃ駄目だよ、絶対に」

「そうですね。お邪魔しました」

堀内はそそくさと靴を履き、ポーチに出た。

ポーチの石段を下る。堀内は長いアプローチをたどって、来客用のガレージに急いだ。銀灰色のレクサスに乗り込み、日垣邸を後にする。

六本木ヒルズの地下駐車場に潜り込んだのは三十数分後だった。

堀内は愛車を降り、エレベーターで二十階に上がった。借りているオフィスの家賃は月二百七十万円だった。

事務所には、七人のスタッフが居残っていた。そのうちの三人は若手の居候弁護士だった。残りの三人は女性事務員と調査員の浅利だ。

堀内は奥の所長室に入ると、内線電話で浅利を呼びつけた。応接ソファに腰かけた

とき、脈絡もなく前夜の淫らな情景が脳裏に蘇った。

万札で埋まったベッドで抱かれることに明日香は異常に興奮し、裸身を魚のように大きくくねらせた。そうするたびに一万円札は揉まれ、次々に引き千切れた。

その音は耳に快かった。堀内は、ふだんよりも官能を煽られた。愛人が愉悦の声を洩らすと、歪な征服感は一段と高まった。

好色な後藤会長なら、知的で色っぽい明日香の色香に惑わされるかもしれない。そんな思いが堀内の胸中を掠めた。すぐに彼は卑しい考えを頭から追い払った。愛人を利用するのは汚すぎる。

ドアがノックされた。

調査員の浅利だった。ベテラン調査員は痩身で、いつも顔色がすぐれない。どこか内臓が悪いのではないか。

「坐ってくれ」

堀内は手で正面のソファを示した。浅利が会釈して、目の前に腰かける。

「東京弁護士会の後藤勇会長の弱みを握ってもらいたいんだ」

「あの先生は女狂いらしいから、簡単にスキャンダルの証拠は摑めるでしょう」

「女性関係の弱みを握っても、切札にはならないだろう。確か後藤会長のひとり息子は売れない彫刻家だったな。その倅を溺愛してるようだから、そっちの弱みを押さえ

てほしいんだ」

「わかりました。大物弁護士を敵に回すとは、先生も大胆不敵ですね」

「気が進まないんだが、依頼人には何かと借りがあるので、断れなかったんだよ」

「そうですか。クライアントの狙いは何なんです？」

「そういう質問はしないでくれ。その代わりといってはなんだが、後藤会長の息子のスキャンダルを握ってくれたら、給料とは別に百万の小遣いをやるよ」

「それはありがたい話ですね」

「話はそれだけだ」

堀内は言って、脚を組んだ。浅利が立ち上がり、所長室から出ていった。

闇社会に深入りしすぎたのかもしれない。無法者たちと縁を切る潮時なのではないか。そのチャンスはあるのだろうか。

堀内は壁のリトグラフを凝視した。

第二章　巨額強奪金の行方

1

瞼（まぶた）がくっつきそうだ。

須賀は目を擦（こす）りながら、職場の自席を離れた。浪友会の川端峰雄を公務執行妨害罪と銃刀法違反で緊急逮捕した翌朝である。あと数分で、午前十一時だ。

須賀はきのうの夕方から深夜まで、川端を取り調べた。川端は護身用拳銃を所持していたことと公務執行妨害は認めたが、そのほかについては黙秘権を行使（こうし）して何も喋（しゃべ）らなかった。

午前十一時から、ふたたび取り調べを行なうことになっていた。相棒の女性刑事は、すでに奥の取調室に入っている。

「須賀、ちょっと来てくれや」

山根課長から声がかかった。須賀は短い返事をして、大股で課長席に足を向けた。

机の前にたたずむと、課長が先に言葉を発した。

「川端の野郎、昨夜（ゆうべ）はずっとだんまりを決め込んでやがったのか？」

「ええ」

「相手は極道なんだ。紳士的にやってたんじゃ、埒（らち）が明かねえぞ」

「そうなんですが……」

「うちの留置場（トリカゴ）は快適だからって、川端に何泊もされたんじゃ、税金の無駄遣（づか）いだと市民団体あたりからクレームがくるぜ」

「きょうこそ、自白（ウタ）わせます」

須賀は言った。

「おまえは外見がソフトだから、なめられやすいんだろうな。なんだったら、落としの名人の綾瀬に助（ス）けてもらうか」

「課長は、せっかちですね」

「当たりめえよ。こちとら、生（き）っ粋（すい）の江戸っ子だからな。親代々、気が短（みじけ）えんだ」

山根は日本橋の生まれで、父親は鳶（とび）の親方だった。母親は根岸（ねぎし）の畳屋の娘である。

課長は典型的な下町っ子だった。

「綾瀬警部は確かに落としの名人ですが、こっちの事件（ヤマ）ですので」

「そうか、そうだよな。須賀の顔を潰（つぶ）しちゃいけねえ。悪かった。おまえのやり方で、

川端の口を割らせてくれりゃいいよ」

「そうさせてもらいます」

須賀は課長席を離れ、同じフロアにある取調室に向かった。

取調室1に差しかかると、中から綾瀬友也(ともや)が出てきた。ちょうど五十歳で、風体(ふうてい)はやくざそのものだ。

「川端、なかなか自供(ゲロ)しないんだってな？」

「ええ」

「手ぬるいんじゃねえのか。被疑者(マルヒ)は社会の屑(くず)なんだぜ。まともに取り調べたって、何も喋りっこねえさ」

「おれには、おれの流儀がありますので」

「余計なことは言うなってことか。けどな、川端はクロ臭いぜ」

「なぜ、そう思ったんです？」

「浪友会は東京に進出したがってるんだよ。神戸はすでに浅草の老舗(しにせ)組織を抱き込んだ。まごまごしてたら、浪友会が喰(く)い込む余地はなくなっちまう」

「で、川端は関東義誠会を破門された東郷たち三人を抱き込んだ？」

「おそらく、そうなんだろうよ。川端の野郎が東郷、里中、沖の三人を唆(そそのか)して、一連の売上金強奪をやらせたんじゃねえか」

「そういう読み筋はできますが、果たしてそうなんだろうか」

須賀は呟いた。

「ほぼ間違いねえって。川端の耳許で大声で喚きつづけてみなよ。そうすりゃ、奴は吐くと思うぜ」

「チンピラじゃないんですから、その手は通用しないでしょ？」

「なんだよ、その言い種は。偉そうな口を利くんだったら、てめえで落としてみろ！」

綾瀬が言い捨て、足早に遠ざかっていった。

須賀は首を竦め、取調室3に入った。理恵は隅のノートパソコンに向かい、供述調書を執る準備を整えていた。

川端は灰色のスチールデスクの向こう側のパイプ椅子に坐っていた。

手錠は外されていたが、腰縄を回されている。縄の先端は、椅子のパイプに括りつけられていた。

須賀は川端と向かい合う位置に腰かけた。

「桜田門ホテルはどうだった？」

「清潔でよろしいな。おかげさんで、ぐっすり眠れたわ」

「こうしていつまでも睨めっこをしてても、お互いになんの得もないだろうが？」

「わし、おたくの向こう臑を蹴ったことと拳銃のことは認めたやん。それで、送致で

きるやないか。高い点は採れんやろうけどな」

「川端、諦めも肝心だぞ。こっちは、あんたが関東義誠会から追放された東郷や里中と接触した事実の裏付けを取ってるんだっ。なんなら、証言者を呼んでもいい」

「確証はあるんでっか？」

川端が探りを入れてきた。

「あることはある。しかし、それを教えたら、あんたは悩むことになるだろう」

「どういう意味や？」

「浪友会の中に敵がいるってことだよ」

須賀は際どい賭けに出た。もっともらしい嘘を真に受けた川端の顔色が変わった。

「浪友会の者が、このわしを売ったんか？」

「そういうことになるな。裏切りの情報を寄せてくれた人物は、あんたが嫌いらしいよ。だから、そっちが東郷と密談してる場面をデジカメで盗み撮りして、その画像を提供してくれたんだろう」

「誰や、そいつは？　裏切り者の名を教えてんか」

「それは言えない。その情報提供者は、あんたが浪友会の会長の許可なしに勝手に東郷たち三人を抱き込んで、東京に拠点を作ろうとしたと言ってたな」

「それは嘘や。でたらめやで。わしは中西会長の指示で、東郷、里中、沖の三人に接

触したんやで。会長命令で、わしは東郷たちを自分の会社の東京営業所の社員ということにして……」

「浪友会の東京進出の足掛かりにする気だったわけだ？」

「ま、そうや」

「東郷たち三人を浪友会の準幹部にしてやるとでも人参をぶら提げたんじゃないのかっ」

「そのへんのことは想像に任せるわ」

「あんたはそういう話で東郷たちを釣って、三人にでっかい犯行を踏ませたんじゃないのか。え？」

須賀は鎌をかけた。

「なんの話や⁉」

「秋口から首都圏で大型スーパー、ディスカウントショップ、パチンコ店の売上金が現金集配車ごと相次いで強奪されたことは知ってるな？」

「その事件のことやったら、知っとるわ。被害総額は百二十億に及んだんやろ？」

「ああ、そうだ。その一連の事件の主犯格は、東郷、里中、沖の三人だったんだよ」

「なんやて⁉」

「浪友会は東京進出の軍資金を東郷たちに捻出させたんじゃないのか？　関東の御

三家と対抗するには、首都圏の弱小組織を抱き込む必要があるからな。軍資金は多ければ多いほどいい」

「ちょっと待てや。わしは関東義誠会を破門された東郷たち三人を取り込んで、御三家に不満を懐いとる関東やくざの幹部連中と橋渡しをしてもらうつもりやっただけやで。三人にそんな犯行など踏ませてへんわ」

「それは嘘じゃないなっ」

「ほんまにほんまや。それで、東郷たち三人がわしの誘いに乗ってこんかった謎が解けたわ」

　川端が言った。得心した顔つきだった。

「三人は浪友会の盃を受けることを断ったのか？」

「そうや。はっきり断られてもうた。条件は悪うなかったはずなんやけど、東郷たちはでっかい犯行踏んで、途方もない大金を手に入れる計画を練っとったんやろ。そうにちがいないわ」

「どう考えたって、東郷たち三人があれだけの売上金をやすやすと奪えるわけない。殺られた三人は単なる実行犯で、黒幕がいたんだろう」

「そうかもしれんな。けど、浪友会もわしも絵図は画いてへんで。神戸が東京に進出したさかい、御三家のどこかが対抗するための軍資金集めをする気になったんやない

んか?」

「そうなんだろうか」

「くどいようやけど、浪友会は一連の現金集配車襲撃事件には関与してへんで」

「そうか」

須賀は川端の顔を見据えた。やくざの多くが平気で嘘をつく。ポーカーフェイスも崩さない。

それでも相手を睨めつけると、疚しさがある場合は少しずつ動揺の色を見せはじめるものだ。須賀は五分近く川端を正視しつづけた。

だが、川端はまったく視線を泳がせなかった。うっとうしげに睨み返してきただけだ。何か隠しごとをしているようには見えなかった。

「三雲、ちょっと……」

須賀は理恵に声をかけ、先に取調室3を出た。待つほどもなく、相棒が廊下に出てきた。

「おれの心証はシロだが、そっちはどう感じた?」

須賀は小声で訊ねた。

「先輩、少し甘いんじゃないですか。わたし、レディースで暴れ回ってるとき、補導の少年係を何遍も騙しましたよ。平気で嘘泣きもしたっけな」

「川端は、まだ臭いか？」

「ええ、ちょっとね。わたしが確認させてもらってもいいですか？」

理恵が許可を求めてきた。須賀は少し考えてから、黙ってうなずいた。

二人は取調室の中に戻った。理恵が川端の前に腰を下ろした。

「おたくを裏切った奴のことを知りたいんじゃない？」

「教えてくれるんか」

「いいわ。おたく、大幹部の誰かとぶつかったことはない？」

「あるわ。伊丹いう若頭補佐と反りが合わんのや、わし」

「その男は、中西会長に目をかけられてるんじゃないの？」

「そうや。伊丹ちゅう男は口がうまいさかい、会長に気に入られてるねん。あの男がわしを裏切ったんか!?」

「そうかもしれないわよ。そうだったとしたら、中西会長もそのことを知ってたんじゃないのかな」

「そんなあほな!?　会長は、わしにも目をかけてくれてたんやで」

「でも、伊丹という若頭補佐のほうが頼りになると思ってたんじゃない？　それで、この際、おたくは切ってもいいと判断したのかもよ」

「そやったら、会長と伊丹はグルやったことになるやないか」

「ええ、そうなんでしょうね。おたくが不用意に東郷たち三人に接触したんで、中西会長は東京進出の軍資金集めのことが発覚することを恐れて……」

「同じことを何回も言わせなや。浪友会は東郷たち三人を抱き込んで東京に拠点をこしらえよう思ってただけで、一連の事件にはタッチしてないで。伊丹のガキ、わしを排除しとうなって、中西会長にあることないこと吹聴(ふいちょう)したんや思うわ。あのガキ、仮出所したら、殺(や)っちゃる！」

　川端が腰を浮かせ、両の拳(こぶし)で机を叩いた。額に青筋を立てていた。

「本事案(ほんじあん)ではシロみたいですね」

　理恵が立ち上がって、片目をつぶった。

「際(きわ)どいことをやるな」

「でも、違法にはならないはずですよ」

「女は怕(こわ)いな。平気で……」

「その先は言わないほうがいいと思います」

「負けたよ。川端を銃刀法違反で東京地検に送致だ」

「公務執行妨害罪には目をつぶってやるんですね？」

「ああ。川端は五つも前科(ホシ)をしょってるから、どうせ実刑は免れられないさ」

「でしょうね。被疑者(マルヒ)を留置場に戻したら、すぐに送致の手続きをします」

「よろしく頼む」

須賀は先に取調室3を出て、山根課長の席に向かった。上司に取り調べの結果をかいつまんで報告する。

「川端はシロだったか。須賀、送致手続きを終えたら、三雲と平和島に行ってみろや。警察嫌いの市民は少なくないから、聞き込みに協力しなかった者がいるかもしれねえぜ」

「そうですね。新和倉庫ビル付近の地取りをやってみます」

「ああ、そうしてくれ。それから、捜一が午後一番に大森署に帳場を立てることになった。捜査本部に顔を出すのは癪だろうが、何も手がかりを得られなかったら、大森署に行ってみな。所轄署刑事の多くは、捜一の人間がでかい面してることを面白くないと感じてるはずだ。だけど、うちの課の連中は毛嫌いされてない」

「ヤー公以上に凄みを利かせてる同僚が多いですからね。それで一目置かれてるだけで、別に所轄の連中に好かれてるわけではないでしょ？」

「相変わらず、皮肉屋だな。しかし、須賀の言った通りなのかもしれねえ。とにかく、捜一を出し抜いてくれや」

課長が机上の書類に目を落とした。

須賀は一礼し、自席に落ち着いた。セブンスターを喫いながら、あれこれ推測して

みる。しかし、東郷たち三人に毒を盛った黒幕の顔は透けてこなかった。

相棒と一緒に刑事部屋を出たのは午後三時過ぎだった。きょうは理恵の運転で平和島に向かう。

目的地に着いたのは、およそ三十分後だった。事件現場の倉庫ビルの出入口はロックされていた。

須賀たちは覆面パトカーを低速で走らせ、あたり一帯の倉庫や工場の従業員たちに聞き込みを重ねた。新和倉庫ビルに現金集配車が出入りする場面を目撃した者は、まったくいなかった。

だが、同倉庫ビルの前に被害に遭った大型スーパーの名入りビニール袋が落ちていたのを見た通行人はいた。ひとりではなく、二人だった。

強奪犯グループは売上金の一部を新和倉庫ビル内に隠していたようだ。毒殺された主犯格の三人は、その金で食べ物や酒を買っていたのかもしれない。

また事件当夜、新和倉庫ビルの通用口から黒いフェイスキャップを被った男が慌てて走り出てくるのを目撃した若い工員がいた。倉庫ビルの採光窓がわずかに明るんだ直後だったらしい。怪しい人物は庫内で発煙筒を焚き、積み荷に火を点けたのだろうか。

目撃者の証言によると、不審者は無灯火の自転車で京浜急行の平和島駅方向に走り

去ったらしい。動作は機敏だったそうだ。

車で逃走しなかったのは、エンジン音を他人に聞かれたくなかったからにちがいない。それだから、自転車を使ったのだろう。

そこまで頭が回るのは犯罪馴れしている証拠だ。東郷たち三人に青酸カリ入りの赤ワインを差し入れたのは、被害者たちと顔見知りのアウトローなのではないか。どう考えても、堅気ではなさそうだ。

証言してくれた二十五歳の工員には、傷害の前科があった。そんなことで、大森署の刑事たちの聞き込みに協力しなかったという。嘘ではないだろう。

須賀たちは聞き込みを終えると、捜査本部の置かれた大森署に回った。二人はスカイラインを駐車場に入れ、二階の刑事課に直行した。

須賀は顔馴染みの刑事に声をかけ、捜査情報を集めた。しかし、特に収穫はなかった。

刑事課の前の廊下に出たとき、本庁捜査一課から出張っている神宮護警視と鉢合わせしてしまった。担当管理官だ。

神宮は三十六歳だが、警察庁採用の有資格者だ。典型的な警察官僚で、エリート意識を隠さない。

「須賀警部、ここで何をしてるの？」

「一昨日(おととい)の事件(ヤマ)の三人の被害者は、うちの課でマークしてたんですよ。ですから、東郷たち三人に毒を盛った犯人を……」

「大森署に帳場が立ったことは知ってるでしょ？」

「ええ」

「だったら、組対(そたい)四課は引っ込んでてほしいな。殺人(コロシ)の捜査は、うちの課に任せてよ」

「お言葉を返すようですが、うちの課でも暴力団絡み(マルボウがら)の殺人は守備範囲に入ってるんです。殺された東郷、里中、沖の三人は元組員なんですよ」

理恵が会話に割り込んだ。

「きみは女暴走族(レディース)上がりの三雲巡査だね？」

「一応、巡査長です」

「そうだったっけ？　これは、大変失礼しました。ご容赦(ようしゃ)くださいね、巡査長殿」

「厭味(いやみ)にしか聞こえないわ」

「鋭い！　厭味を言ったんだよ。それはさておき、一昨日の事件の被害者たちはもう現役の組員じゃない。だから、うちの課長が刑事部長に組対四課に手を引かせてくれって頼んだはずだよ。おたくの山根課長、また妙な意地を張ったんだな」

「うちの課長は、捜一との合同捜査だと言ってましたよ。だから、われわれ二人は所轄署に来たわけです」

　須賀は言った。

「そんな話は聞いてないな。刑事部長は捜一にも組対四課にもいい顔したくて、曖昧な命令を下したんだな。東大の先輩を悪く言いたくないが、刑事部長も一応キャリアなんだから、毅然としてもらいたいものだ」

「われわれは直属の上司の指示通りに動きます」

「須賀警部は、いい度胸してるね。キャリアを敵に回したら、何かと損をするのに」

「損得を考えながら生きても愉しくないでしょ？」

「きみ、わたしに喧嘩を売ってるのかっ」

「喧嘩を売ってるのは、おたくでしょうが！　六百数十人の警察官僚が巨大な警察社会を支配してるつもりなんでしょうが、体を張って治安を護ってる現場の人間がおたくたちを支えてるんですよ。そのことを忘れないでほしいわね」

　理恵が感情を露にした。須賀は目顔で相棒をなだめた。しかし、無駄だった。

「権威とか権力を笠に着てる人間は最低よ」

「き、きみ！」

「何よ、その顔は。キャリアがなんだって言うの！　思い上がるんじゃないわよ」

「きみが女じゃなければ、突き飛ばしてるとこだぞ」

「突き飛ばせばいいじゃないのっ」

「お、おまえ！」

「おたくに、おまえ呼ばわりされたくないわね。夫ってわけじゃないんだから」

「三雲巡査長！」

「いちいち職階を付けないでよ」

「き、きさま……」

「相棒が少し逆上したことは謝ります。しかし、われわれは捜査を続行します。もちろん、帳場には近づきませんよ。それでいいでしょ？」

須賀は神宮管理官に言って、理恵を階段の降り口に導いた。駐車場に達すると、相棒が不満顔になった。

「先輩、もっと文句を言ってやればよかったんですよ。キャリアはどいつも思い上がってるんだから、誰かがガツンと言ってやらなきゃ」

「おれは連中のことは仲間と思ってない。だから、まともに相手にする気になれないんだ」

「ずいぶん大人なんですね」

「おれも、もはや中年だからな。帰りは、おれが運転しよう」

須賀はスカイラインの運転席に入った。その直後、懐で私物のスマートフォンが鳴った。

発信者は情報屋の松浦知章だった。松浦は三十七歳で、元クラブのピアノ弾きだ。
店の売れっ子ホステスと親密になったため、相手の内縁の夫に両手の指をへし折られ、廃業に追い込まれてしまったのである。その後は歌舞伎町で風俗店の客引きをしながら、警察やマスコミに裏社会の情報を売って糊口を凌いでいる。独身だった。

「須賀さん、いい情報を提供しますよ。例の連続売上金強奪事件のシナリオを書いたのは、歌舞伎町のホストクラブ『アポロン』のオーナーだって噂が流れてるんです」

「そいつの名は？」

「二階堂徹です。三十五歳だったかな。『アポロン』は赤字つづきで、街金に一億ほど借金があるみたいなんですよ」

「そっちは、まだ百人町の家にいるんだな？」

「ええ」

「それなら、四十分前後で百人町のマンションに行くよ。詳しい話を聞かせてくれ」

「わかりました。お待ちしてます」

「それじゃ、そういうことで！」

須賀はスマートフォンを上着の内ポケットに突っ込み、覆面パトカーの屋根に磁石式の赤い回転灯を装備させた。

スカイラインを急発進させてから、助手席の理恵に松浦のことを話した。

「その情報屋、信用できるんですか？」

「これまで一度も奴から偽情報を喰わされたことはないよ」

「それなら、いい加減な情報じゃなさそうですね」

理恵が口を結んだ。

須賀はサイレンを派手に鳴り響かせながら、一般車輌を次々に追い抜いた。百人町二丁目にある松浦の自宅マンションに到着したのは、三十七分後だった。

スカイラインを路上に駐め、須賀たちは二階に上がった。

二〇五号室のインターフォンをいくら鳴らしても、なんの応答もない。ドアはロックされていなかった。

「松浦、上がらせてもらうぞ」

須賀は断ってから、部屋の中に入った。

間取りは1DKだった。須賀は奥の居室に進んだ。シングルベッドの横に、松浦が俯せに倒れている。微動だにしない。頭部が潰れ、血みどろだった。カーペットの上に、血糊に塗れたゴルフクラブが転がっている。アイアンだった。

須賀は松浦に呼びかけながら、右手首を取った。

肌の温もりは伝わってきたが、脈動は熄んでいた。理恵が話しかけてきた。

「情報屋は誰かに殺られたんですね？」

「ああ。機捜に事件の通報をしよう」

須賀は溜息をついて、懐を探った。

2

同じころ、堀内弁護士は調査員の浅利と向かい合っていた。

自分のオフィスの所長室だ。二人のほかには誰もいなかった。

「後藤の息子の要は昔のヒッピーみたいに髪を肩まで伸ばして、自宅の庭で大麻を栽培してましたよ」

ベテラン調査員が報告した。

「もうじき四十になるんだろう、後藤会長のひとり息子は？」

「現在、満三十九歳です。要の精神年齢は、美大生のころのままなんでしょうね。いまも反体制的な生き方に憧れてるにちがいありません」

「そうなんだろうな。それにしても、大物弁護士は息子を甘やかしすぎてるね。美大を出てから一度も就職しないで、前衛的な彫刻の制作をしてるんだろう？」

「ええ、父親の臑を齧りながら。後藤会長に借りてもらってる三鷹の自宅兼アトリエは古いけど、趣のある洋館でした。家賃は四十万近いという話でしたよ。そのほか

要は月々五十万円の生活費を親父さんから貰ってるようです」

「そこまで過保護じゃ、息子をスポイルするだけだろう」

「ええ、そうでしょうね。後藤会長は当然、そのことはわかってるにちがいありません。ですが、たったひとりの子供ですので、冷たく突き放すこともできないんでしょう」

「わたしも娘の奈穂には甘いほうだから、気持ちはわからないでもないよ。しかし、後藤要は男なんだ。経済的にも精神的にもいい加減に自立せんとな」

堀内は葉煙草に火を点けた。

「わたしも同感です。それからですね、後藤会長の倅は週に一、二度、渋谷のセンター街に出かけて、不良イラン人から覚醒剤や大麻樹脂を買ってる事実がわかりました」

「麻薬に溺れてるわけか」

「それは間違いないと思います。すでにジャンキーなんでしょう」

「だろうね。人権派大物弁護士にとっては、世間には知られたくない身内のスキャンダルだな」

「致命的な弱みと言えるんじゃないですか」

浅利が言って、音をたてて日本茶を飲んだ。きょうも顔色が悪い。

「センター街に行けば、簡単に麻薬が手に入るのかね？」

「ええ、入手できると思います」

「それじゃ、わたしと一緒に渋谷に行ってくれ。それで、きみには覚醒剤のパケを三十包ほど買ってもらう」

「先生はわたしを麻薬密売人に化けさせ、後藤会長の息子に安く売りつけさせて、その密売現場シーンをデジタルカメラでこっそり撮影するおつもりなんでしょう？」

「察しがいいね。その通りだ」

「そこまでやれば、人権派弁護士も堀内先生の言いなりになると思います」

「そうだといいんだがね。浅利君、すぐ出かけられるか？」

「ええ、いつでも」

「それでは、これから渋谷に行こう」

堀内はシガリロの火を揉み消し、勢いよく立ち上がった。浅利が倣う。

二人は事務所を出ると、エレベーターで地下駐車場に降りた。堀内は愛車のレクサスの助手席に浅利を乗せ、すぐさまエンジンを始動させた。

地上に出ると、夕闇が漂いはじめていた。堀内は六本木通りをたどって、渋谷に向かった。青山通りを短く走り、宮下公園のそばの有料駐車場にレクサスを預ける。

堀内たちはセンター街まで歩いた。

若者たちで賑わう通りには、イルミネーションが瞬きはじめていた。麻薬密売人と

思われるペルシャ系の男たちがところどころに立っている。彼らは一様に目つきが鋭い。

堀内は札入れから三十数枚の一万円札を抜き出し、二つに折って浅利に手渡した。

「わたしは、センター街の入口付近で待ってる。うまくドラッグを手に入れてくれ」

「わかりました」

「どこかに渋谷署の生活安全課の者が張り込んでるかもしれないが、もし逮捕されても、絶対にわたしの名は出さないでくれ。いいね？」

「先生、ご安心ください。そのあたりのことは、ちゃんと心得ていますから」

浅利がにやりとして、人混みに紛れた。

堀内は人待ち顔を繕い、さりげなく目で調査員を追った。浅利はドーナツショップの数軒先でたたずみ、口髭を生やした彫りの深い外国人に何か語りかけた。

イラン人の麻薬密売人だろう。男は三十代前半に見えた。

やがて、浅利は相手に導かれて裏通りに足を踏み入れた。麻薬密売人たちは用心深く、各種のドラッグを持ち歩いてはいない。警察官に職務質問されると、たいてい身体検査をされるからだ。

麻薬は別の場所に保管してある。仲間にドラッグを運んでもらうか、密売人自身が客を保管場所の近くまで連れていくケースが圧倒的に多い。

七、八分経つと、浅利が表通りに姿を見せた。上着の内ポケットのあたりが膨れ上がっている。手に入れた覚醒剤のパケが入っているのだろう。

密売人の男は現われない。客と一緒にセンター街に戻ると怪しまれると考え、わざと裏道に留まっているようだ。

浅利が自然な足取りで歩み寄ってきた。

「ご苦労さん！」

堀内は、まず犒った。

「覚醒剤を三十パケ、手に入れました。一包七千円でしたから、二十一万円ほど遣いました。後で残金をお渡しします」

「その必要はない。浅利君の煙草代にしてくれ」

「気を遣っていただいて恐縮です。わたしがさっき声をかけた男はハッサムという名のイラン人なんですが、彼は後藤要のことを知ってましたよ。上客のひとりだそうです。最近は、覚醒剤のパケしか買わないという話でしたね」

「そう。これから、後藤会長の息子の自宅に行こう」

「はい」

二人は有料駐車場に戻り、三鷹に向かった。

目的の洋館に着いたのは、およそ四十五分後だった。門灯が点き、白っぽい館の中

も明るかった。

「売れない彫刻家は家にいるはずです。それでは、わたしは密売人に化けて、後藤要と接触します」

「ああ、うまくやってくれ。洋館の主のことはイラン人のハッサムから聞いたことにするつもりなのかな？」

「ええ、そうです。先生、入手した薬物は一包五千円で要に譲ってもいいでしょ？相場よりも安くしないと、大物弁護士の息子も買う気にはならないでしょうから」

「ああ、それでかまわないよ。それより浅利君、上着のポケットにＩＣレコーダーを忍ばせてくれないか。薬物密売の遣り取りも収録しておいたほうがいいからね」

「もう入ってますよ。先生は、うまく隠し撮りをしてください」

浅利がそう言い、レクサスの助手席から出た。堀内はグローブボックスからデジタルカメラを取り出し、静かに車を降りた。

あたりは閑静な住宅街だった。早くも人通りは絶えていた。

堀内はレクサスを回り込み、後藤宅の白い柵に身を寄せた。柵に沿って、庭木が植えられている。ポーチや門扉からは死角になる場所だ。

浅利が門の前に立ち、インターフォンを鳴らした。堀内は耳をそばだてた。

ややあって、男の声がスピーカーから洩れてきた。

「どなた？」

「わたし、ハッサムの知り合いの伊波（いなみ）といいます。あなたは後藤要さんですよね？」

「そうだけど、用件は？」

「あなたはハッサムから覚醒剤（エス）を一包（ワンパケ）七千円で買ってるようですね。明らかに、ぼられてますよ」

「えっ、そうなの⁉」

「混ぜ物の多い商品が多く出回ったので、だいぶ値崩れしてるんですよ。いま相場は一包六千円です。わたしが扱ってる物は、すべて純度が高いんです」

「ほんと？」

「もちろんです。いま、三十パケあります。まとめて買ってもらえるんでしたら、極上物（ごくじょうもの）を一包五千円でお分けしますよ」

「十五万か。よし、買おう。いま、出ていく」

　スピーカーが沈黙した。

　浅利が堀内を見て、ほくそ笑（え）んだ。堀内は目で笑い、中腰で門扉に近づいた。

　ほどなく洋館のポーチから長髪の男が現われた。太編（ふとあ）みのデザインセーターを着込んでいる。下はキャメルカラーのチノクロスパンツだ。

頬の肉が削（そ）げ、眼光は鋭い。父親とはあまり似ていなかった。母親似なのだろう。

「ハッサムの奴、悪い男だな。何年もぼくに相場よりも高いドラッグを売りつけてたんだね」

「だと思います。後藤さん、不良イラン人から薬物なんか買ってはいけませんよ」

浅利たちが門扉を挟んで言葉を交わしはじめた。

「でも、日本人ブローカーの後ろにはたいてい暴力団が控えてるよね？　ぼくの父親は東京弁護士会の会長をやってるんだ。それだから、危い筋とは関わりを持ちたくないんだよ」

「わたしは去年まで大手企業のサラリーマンでした。早期退職したわけですが、やくざとはまったくつき合いがありません。今後は、このわたしが定期的に品物をお宅にお届けしますよ」

「そうしてもらえると、ありがたいな。これ、代金ね」

後藤要が札束を差し出した。浅利が懐から束ねたパケを摑み出し、大物弁護士の息子に渡した。

堀内は抜け目なく受け渡しの場面をデジタルカメラに収めた。門灯の光は眩かった。ストロボは焚かなかった。

「正月明けに、また三十包ほど届けてよ」

「わかりました」

「純度の高いやつをさっそく味わわせてもらうか」

後藤要が上機嫌に言って、洋館の中に消えた。

堀内はレクサスの運転席に入った。少し経つと、浅利が助手席に乗り込んできた。

「盗み撮りは成功したと思うよ」

堀内は言って、撮ったばかりの画像を再生した。

やや不鮮明だったが、被写体の後藤要の顔はわかる。浅利は腕の部分しか映っていない。

「こちらも大丈夫だと思いますよ」

浅利が上着の右ポケットからICレコーダーを取り出し、音声を再生させた。彼と売れない彫刻家の会話がはっきりと録音されていた。

「そのICレコーダー、しばらく預かってもいいね」

「ええ、どうぞ」

「それでは……」

堀内はICレコーダーとデジタルカメラを黒革の鞄に収め、レクサスを発進させた。

浅利の自宅は杉並区内にある。中央線の最寄り駅で浅利を降ろし、堀内は愛車を日比谷に走らせた。後藤弁護士のオフィスは、日比谷交差点近くの高層ビルの十七階にある。ワンフロアを借りていた。

その高層ビルに着いたのは、午後八時過ぎだった。後藤の自宅は世田谷区下馬六丁目にあるが、オフィスに泊まり込むことが多いと聞いている。

堀内は車ごと高層ビルの地下駐車場に潜り、エレベーターで十七階に上がった。後藤勇法律事務所に入り、居合わせた女性秘書に名乗って、所長に面会を求めた。

「少々、お待ちになってください」

四十年配の女性秘書が奥の所長室に向かった。

堀内は事務フロアを眺めた。パーティションで仕切られたブースには、弁護士バッジを光らせた男女が十人ほどいた。事務員や調査員たちの姿も見える。

この時刻にスタッフが居残っているということは、それだけ依頼件数が多いからだろう。大物弁護士は金になる民事のトラブルを若手弁護士たちにもっぱら任せ、本人は主に刑事事件を手がけていた。

ほどなく女性秘書が戻ってきた。

「お目にかかるそうです。奥の所長室にどうぞ……」

「失礼します」

堀内は一礼し、所長室に歩を運んだ。

総白髪の大物弁護士は総革張りの長椅子に腰かけ、夕刊を拡げていた。

「お久しぶりです。東京地検を辞めてから一、二度、法曹関係のパーティーでご一緒

したのですが、後藤先生はわたしの挨拶には応えてくださらなかった」

「多分、きみに気づかなかったんだろう」

「そうでしょうか」

「ヤメ検弁護士になってからは、ずいぶん羽振りがよくなったようじゃないか。ま、掛けたまえ」

「はい」

　堀内は目礼し、後藤の前のソファに坐った。

「悪いが、粗茶も出さんよ」

「結構です」

「仕立てのよさそうな背広を着てるが、顔つきが卑しくなったな。検事時代とは大違いだ。志の低い政治屋、金儲けを生き甲斐にしてる経済人、裏社会のボスたちばかりとつき合ってるから、そんな情けない容貌になってしまうんだよ」

　後藤が、折り畳んだ新聞をコーヒーテーブルの上に投げるように置く。

「辛辣なことをおっしゃる」

「わたしはね、検事時代のきみを高く評価してたんだよ。失礼ながら、叩き上げの検事が法務官僚に遠慮することなく悪徳政財界人やエリート役人を次々に法廷に立たせたことは前例のない快挙だった。立場は違っていたが、わたしはきみを心密かに尊敬

してたんだ」

「おからかいにならないでください」

「お世辞なんかじゃない。実際、そうだったんだよ。しかし、弁護士に転向してからのきみはあたかも坂を転がる石のように堕落していった。法曹人が金にひざまずくようになったら、もう終わりだよ」

「わたしは貧乏に復讐したかったのかもしれません」

　堀内は言い訳した。

「それは詭弁だな。見苦しい言い訳だよ。経済的に恵まれない熱血型の弁護士はたくさんいる。検事時代に何かあったんだろうが、法律で飯を喰ってる者は犯罪を真摯な気持ちで憎みつづけ、決して私利私欲に走ってはいかんのだよ」

「ですが、検事も生身の人間です。さまざまな欲をすべて棄てるわけにはいきませんし、家族を支えるために理想に反した選択をしなければならないこともあると思うんです」

「それはわかるよ。しかし、いまのきみは闇社会の用心棒に成り下がってしまった。どこかの週刊誌がきみのことを〝虐げられた弱者の救世主〟と持ち上げてたが、見当違いだね。きみは金銭欲に負けて、人間としての矜持や良識も失ってしまったんだよ。つまり、物欲を膨らませてるうちに、魂を抜かれてしまったのさ。顔も見たくない

気持ちだね。用件を手短に言ってくれたまえ」

「わかりました。実は、先生の息子さんの要さんが薬物中毒になってしまった証拠を握ってるんです」

　堀内は鞄からICレコーダーを取り出し、音声を再生させた。

すぐに大物弁護士が顔面を引き攣らせた。喉の奥で呻いたが、言葉は発しなかった。

堀内は小さく冷笑し、次にデジタルカメラの画像を液晶ディスプレイに映し出した。

「せ、倅に罠を仕掛けたんだなっ。なんて卑劣な真似をするんだ」

　後藤が掠れた声で怒鳴った。その顔は紙のように白い。唇は小さく震えている。

「ある事情があって、罠を仕組んだんですよ。そのことは素直に認めましょう。しかし、後藤先生はわたしを告発できないはずです。自称彫刻家の息子さんが渋谷のセンター街でハッサムというイラン人から定期的に覚醒剤を手に入れ、常用してる証拠を押さえてあるからです」

「汚いことをやる。狙いは何なんだ？　まだ金が欲しいのかっ」

「わたしをそのへんの強請屋と同格に扱わないでください。これでも、現職の弁護士なんです。後藤先生の息子さんの弱みにつけ込んで、口止め料を脅し取るつもりはありませんよ」

「なら、わたしに何をさせたいんだ？」

「単刀直入に申し上げます。来年度の新司法試験の全学科の出題内容を探っていただきたいんですよ。法務省の〝司法試験考査委員〟の誰かを抱き込んでね」

「そんなことは不可能だよ」

「わたしは、そうは思いません。後藤先生は斯界の重鎮であられますし、法務官僚や法学者との繋がりも深いですよね」

「き、きさまは腐っとる。いや、頭がまともじゃない。クレージーだ」

「ご協力していただけない場合は、要さんがスキャンダル記事の主役になるでしょう。テレビ局も競って、大物弁護士のひとり息子が薬物に溺れていることを報じるでしょうね」

「出来の悪い倅でも、かわいいことはかわいいんだ。しかし、このわたしが理不尽な脅しに屈するわけにはいかん。そんなことをしたら、晩節を穢すことになるからな。人間の価値は晩年をどう過ごしたかで決まるんだ」

「さすがは後藤先生ですね。凛然とした態度はご立派です。感服しました。ですが、こちらにも引き下がれない理由があるんですよ」

堀内は穏やかに言って、上着の内ポケットからスマートフォンを摑み出した。

「息子のことで、警察に密告電話をかけるのか？」

「ええ、そうです。先生にはお気の毒ですが、やむを得ません。この際、息子さんに

ドラッグと縁を切らせるべきでしょう。あのままだと、要さんは社会復帰できなくなってしまいますよ。先生は名声と富を充分に得たわけですから、余生はご子息の再起に全力を傾けてもいいではありませんか。では、通報させてもらいます」

「堀内君、待ってくれ。警察に電話はしないでくれないか。お願いだ」

後藤が涙声で訴え、両手を合わせた。

「それでは、こちらの頼みを聞き入れてくださるんですね？」

「すぐにはうなずけんよ。少し考える時間を与えてくれないか。決して逃げ回ったりはしない」

「いいでしょう。では、後日、ご連絡します」

堀内はスマートフォンを懐に戻し、黒革の鞄にＩＣレコーダーとデジタルカメラを突っ込んだ。

大物弁護士は頭を抱えたまま、彫像のように動かない。堀内はソファから立ち上がり、そのまま所長室を出た。

3

五目炒飯(チャーハン)を半分近く残した。

数時間前に情報屋の死体を見たせいで、食欲を殺(そ)がれてしまったのだろう。須賀は煙草をくわえた。

新宿区役所通りに面した中華料理店である。大衆向けの店だった。

テーブルの向こうには、相棒の美人刑事が坐っている。理恵も海鮮(かいせん)焼きそばを食べ残していた。二人は現場検証が終わるまで、殺された松浦の部屋にいた。予備検視にも立ち会った。鑑識係たちの動きも見守った。

「凶器の指紋(モン)から犯人(ホシ)を割り出せるといいですね」

理恵が言った。

「それは期待できないだろうな。おそらく松浦をゴルフクラブで撲殺した犯人は犯行後に凶器やノブに付着した指紋や掌紋(しょうもん)をきれいに拭(ぬぐ)ってから、何喰(く)わない顔で逃走したんだろう。マンションの入居者たちは、慌(あわ)てて逃げる足音を誰も聞いてなかったからな」

「ええ、そうですね。ホストクラブのオーナーの二階堂徹が情報屋の松浦の口を封じたのかしら？」

「まだ何とも言えないな。しかし、ホストクラブの経営者に探(さぐ)りを入れてみる必要はあるだろう」

須賀は短くなった煙草の火を消し、卓上の伝票を抓(つま)み上げた。

「わたし、自分の分は払います」

「たまには、おれに奢らせろ」

「ご馳走になってもいいんですか？」

理恵は当惑している様子だった。須賀は立ち上がって、レジで支払いを済ませた。

二人は店を出て、覆面パトカーに乗り込んだ。午後九時半を回っていた。ステアリングを握ったのは理恵だった。

スカイラインは花道通りに入り、ほどなく左側の飲食店ビルの前で停止した。ホストクラブ『アポロン』は、そのビルの地下一階にあった。

階段の昇降口の両側には、看板ホストたちの写真パネルが掲げてあった。美青年揃いだ。だが、どこか気品がなかった。狡さが表情に出ている。

「イケメンだけど、どいつも下品な顔つきしてるわ。女たちを喰いものにしてるから、品格がないんでしょうね」

理恵が看板ホストの顔写真を横目で見て、スカイラインのハザードランプを点滅させた。須賀は先に車を降り、『アポロン』への階段を下りはじめた。後から理恵が従いてくる。

店内のインテリアは、なんともけばけばしかった。

ボックスシートが十数卓あったが、奥の席にOLらしい二人連れの客がいるだけだ

った。その席には、ひと目で暴力団関係者とわかる二人組が坐っていた。ホストでないことは明らかだ。

男たちは二人連れの乳房やヒップに触れて、下卑た笑い声を響かせていた。女たちは怯えた様子だ。全身を強張らせている。

反対側の隅には、ブランド物のスーツを着込んだ七、八人のホストが固まっていた。彼らは不自然なほど柄の悪い男たちから目を逸らしている。

右手の奥から、フロアマネージャーらしい三十七、八歳の細身の男がやってきた。黒のタキシード姿だ。

「当店はホストクラブなのですが、よろしいのでしょうか?」

「客じゃないんだ」

須賀は顔写真付きのＦＢＩ型警察手帳を呈示した。

「刑事さんでしたか。それで、ご用件は?」

「オーナーの二階堂徹さんにお目にかかりたいんだ」

「あいにく社長は、まだこちらには……」

「そう。奥の席にいる柄の悪い奴らは?」

「『日進ファイナンス』の者です。社長が運転資金を借りたようなんですが、ここ数カ月、返済を滞らせてるみたいなんですよ。それで回収担当の者が毎晩のように店

にやってきて、お客さまに厭がらせをしてるんです」

相手が眉根を寄せた。

その直後、女性客のひとりが悲鳴を放った。男のひとりがスカートの中に手を突っ込み、太腿をまさぐっていた。連れの女性は、いまにも泣きだしそうな顔をしている。

須賀は相棒に目配せした。

理恵が奥のテーブルに急ぎ、やくざ風の男たちを咎めた。片方は丸刈りで、紫色の背広を着ている。三十歳前後だろう。もうひとりも同世代で、ずんぐりとした体型だった。頭髪は角刈りだ。右手首にゴールドのブレスレットを光らせている。

「なんだよ、おまえ！」

丸刈りの男が隣の女性客のスカートから手を抜き、理恵に鋭い目を向けた。

「あんたたち、『日進ファイナンス』の回収係なんだってね。ということは、関東義誠会の構成員なんでしょ？」

「誰なんだよっ。でけえ口をたたいてると、てめえを床に這わせて姦っちまうぞ」

「その前に、おたくたち二人に手錠打つわ」

「警官なのか⁉」

「そう。本庁の組対四課の者よ」

理恵が二人組を等分に見据えた。一拍置いて、ずんぐりとした男が弁解した。

「ちょっと悪ふざけが過ぎたよね。おれたち、この店には仕事できたんですよ。ここのオーナーに約一億円融資したんだけど、まだ五千万以上も債務が残ってんだ。最近は焦げつきが多くなってるんで、二階堂社長に早く金を返せって催促するつもりだったんですよ」

「あんたの名前は？」

「勘弁してくださいよ。おれたち、客の二人と意気投合したんで、雑談してただけじゃないっすか」

「そこの彼女たちは明らかに迷惑顔だったわ。名前を言わないと、連行することになるわよ」

「まいったな。おれは牧村正輝、連れは馬場喬司です」

「あんたたちが足つけてる組の名は？」

「矢部組っす」

「わかったわ」

理恵が牧村と名乗った男に言って、小さく振り返った。彼女は目顔で、指示を仰いだ。

須賀は奥の席に歩み寄り、牧村に顔を向けた。

「今回は大目に見てやる。その代わり、不作法したことを土下坐して謝れ」

「土下坐なんか……」

「できないなら、緊急逮捕する」

「本気なんすか⁉」

「もちろんさ。おれはヤー公どもを皆殺しにしたいほど嫌ってるんだ。おまえらを婦女暴行（現・強制性交等）未遂で地検に送ることもできるんだっ」

「きょうは厄日だ」

「それも面倒だな。いっそ正当防衛ということにして、おまえら二人の頭を撃ち抜いちまうか」

「冗談じゃない。詫びますよ、おれ」

牧村が床に正坐し、土下坐した。仲間の馬場も同じように迷惑をかけた二人の女性客に謝った。

「二人の女性客に不愉快な思いをさせたんだから、あんたたちが彼女らの勘定を払って帰るのよ」

理恵が立ち上がった牧村に言った。

「そりゃねえよ」

「当然でしょうが！　払わなかったら、連行するわよ。叩けば、いくらでも埃が出るんじゃないの？」

「わかったよ」

牧村が懐から札入れを摑み出し、タキシードの男に近づいた。連れの馬場は不服そうだったが、無言で牧村に従った。

二人組は女性客の勘定を肩代わりすると、そそくさと店から出ていった。ホストたちが立ち上がって、一斉に拍手した。

須賀は面映かった。理恵も照れ臭そうだ。

「ありがとうございました」

タキシードの男が近寄ってきて、須賀に頭を下げた。

「社長が現われるまで待たせてもらってもいいかな」

「ええ、どうぞ。もう間もなくオーナーが店に来ると思いますので、奥の事務室でお待ちになってください」

「そうさせてもらうか」

須賀は相棒を目顔で促し、タキシードの男に従った。

案内されたのは、厨房の奥にある事務室だった。社長用の両袖机が壁寄りに置かれ、出入口近くにソファセットがあった。

須賀たちは並んで腰かけた。タキシードの男が須賀の前に坐った。

「申し遅れましたが、わたし、店長の篠塚です」

「須賀です。連れは三雲といいます」

「お二人ともカッコよかったですよ」

「いや、いや……」

「あなた方は別ですが、いわゆる暴力団係の刑事さんたちは組員以上に威張ってる奴が多いですからね。意外な気がしました」

「強面タイプが多いんですが、案外、どいつも気は優しいんですよ。ただ、やくざ者に軽く見られたら、仕事になりません。だから、外では突っ張ってるわけです」

「そういうことだったのか」

「話は違いますが、『アポロン』の経営はあまり芳しくないように見えますが……」

「開業した五年前はかなり儲かってたんですが、年々、歌舞伎町にホストクラブが増えてますので、だんだん売上が落ちてしまいました」

「社長の二階堂さんは、元ホストなんですか？」

理恵が会話に加わった。

「ええ、そうです。現役のころの社長は毎月一千五、六百万も稼ぐ超人気ホストだったんですけど、大雑把な性格だから、経営者としてはちょっとね」

「歌舞伎町には六十軒以上のホストクラブがあるとか？」

「ＯＬたちが安く飲めるボーイズバーまで含めたら、百軒以上になります」

「それじゃ、競争が激しいわけだ」

「ええ。去年、人気ホストが六人もライバル店に引き抜かれたんですよ。それで上客だった女性実業家たちやトレーダーなんかがその店に移ってしまったので、お金を落としてくれるのは風俗嬢やキャバクラ嬢だけになってしまったんです。冷やかし半分に飲みにくるＯＬや主婦のグループは、まったく商売になりません。そんなことで、社長は『日進ファイナンス』から運転資金を借りたんですよ」

「そうなんですか」

「あの街金は関東義誠会の企業舎弟（フロント）ですので、わたしは反対したんですけどね。でも、メガバンクはもちろん、地銀や信用金庫からも事業資金は借りられませんので、社長はやむなく『日進ファイナンス』から……」

篠塚が長嘆息（ちょうたんそく）した。

そのすぐ後、社長が事務室に入ってきた。二階堂はひと昔前の二枚目だった。造作が整いすぎていて、まるで個性がない。店長がオーナーに須賀たちのことを話し、事務室から出ていった。

「『日進ファイナンス』の奴らを追い払ってくださったとか？」

二階堂がそう言いながら、須賀と向かい合った。オードトワレの匂いがきつい。

「当然のことをしたまでです。早速ですが、元クラブのピアノ弾きの松浦知章のこと

はご存じですよね？」

「ええ、よく知ってます。彼がどうかしたんですか？」

「百人町の自宅マンションで何者かに撲殺されました、きょうの午後のことです」

「驚いたな。なんで松浦さんは殺されたんです？」

「それはまだわかりません。実はわたし、彼から裏社会の情報を入手してたんですよ。それで彼から情報の売り込みの電話がありまして、自宅マンションを訪ねたんです」

「そして、変わり果てた松浦さんを発見したわけですね？」

「ええ、その通りです。彼はゴルフクラブで頭部を何度もぶっ叩かれてました」

「ひどい殺し方だな」

「二階堂さん、初秋から続発してる現金集配車強奪事件のことはご存じでしょう？」

須賀は確かめた。

「知ってますよ。百二十億だかの売上金が奪われたんでしょ？」

「そうです。一連の事件の主犯格の三人は、関東義誠会の下部団体を破門されたんです。その三人は東郷、里中、沖という苗字で、一昨日の夜、平和島の倉庫ビル内で毒殺されてしまったんですよ」

「その事件のことも知っています。テレビのニュースで取り上げられてましたんで」

「ストレートにうかがいます。あなたは元組員の三人と面識があるのでは？」

「いいえ、三人とも知らない男です。なぜ、そのような質問をされるんです？」

「怒らないで聞いてほしいんです。殺害された松浦は、一連の事件の実行犯たちを操（あやつ）ってるのは二階堂さんだという噂を耳にしたことがあると殺害される前に洩（も）らしてたんですよ」

「でたらめです、そんなこと。どうして松浦さんは悪意に満ちたデマを飛ばしたんだろうか。松浦さんと何かでトラブったこともないから、陥（おとしい）れられる理由はないんだがな」

「『日進ファイナンス』の取り立ては厳しかったんでしょ？」

　理恵が『アポロン』のオーナーに顔を向けた。

「ええ、それはね」

「失礼を承知で言わせてもらいます。『日進ファイナンス』に強く借金の返済を迫られていた二階堂さんが元組員の三人を唆（そそのか）した可能性もゼロではありませんよね？」

「失礼なことを言うな。確かに返済は滞（とどこお）らせてるよ。しかし、わたしは犯罪に手を染める気なんかない。第一、主犯格と思われてる三人とは一面識もないんだぞ」

「ええ、そういうことでしたね。なら、『日進ファイナンス』に頼まれて、実行犯のダミーの黒幕の振りをしたのかもしれないな。借金を棒引きにしてやるという条件をちらつかされてね」

「臆測（おくそく）や推測だけで、わたしを罪人扱いするなっ。不愉快だ」

「わたしは最初に失礼を承知で言わせてもらうと断ったはずですよ。それに、可能性がまったくないわけではないと言っただけで、犯罪者扱いをした覚えなんかありません」

「いや、きみはわたしを疑ってる。だから、なんの根拠もないのに無神経なことを言ったにちがいない。仕事柄、何でも疑ってみる習性が身についてしまったんだろうが、その姿勢は傲慢（ごうまん）だよ」

二階堂が言い募（つの）った。気の強い理恵は反論したものの、少し自分の軽率さを反省しているように見受けられた。

「連れが勇み足をしてしまいましたが、どうか勘弁してやってください。こっちも二十代のころは早く犯人を検挙したくて、似たような失敗をしたものです」

須賀は二階堂を執（と）り成（な）した。

「別にあなたが悪いわけじゃありませんよ」

「いいえ、後輩をきちんと躾（しつ）けなかったわたしの責任です。三雲に代わって、深くお詫びします」

「もういいですよ。水に流しましょう。それより、松浦さんはどうしてわたしを陥れるようなことを須賀さんに言ったんでしょうか？」

「松浦は誰かを庇（かば）いたくて、捜査の目を二階堂さんに向けさせたかったのかもしれま

せんね」

「そうか、そうだったんだろうな」

二階堂が納得した表情になった。

「松浦は、いったい誰を庇う気だったんだろうか。二階堂さん、思い当たる人物はいませんかね？」

「特に思い当たる人間はいませんが、『日進ファイナンス』の取り立てに苦しめられてた債務者なら知ってます。ゴルフ仲間の会社社長なんですが、わたしはその彼の紹介で『日進ファイナンス』から事業の運転資金を借りました。あの会社が関東義誠会の企業舎弟とわかっていたのですが、ほかに金を貸してくれるとこがなかったんですよ。紹介者は危い(ヤバ)金融業者だと教えてくれたんですが、借りざるを得なかったのです」

「そのゴルフ仲間のことを教えてもらえますか」

須賀は上着の内ポケットから手帳を取り出し、前屈(まえかが)みになった。

「いいですよ。『サンライズ・トレーディング』という投資顧問会社の代表取締役をやっている明石淳一(あかしじゅんいち)という男です。年齢は三十七歳だったと思います」

「まだお若いんだな」

「そうですね。明石社長は大学生のころにベンチャー企業を立ち上げて、いろんな会社を次々に起こしたんですよ。なかなかのアイディアマンなんですが、時代の先を行

きすぎてたのか、ビジネスとしてはどれも成功しなかったようです。それで六、七年前から投資顧問会社に絞って、中国、ベトナム、カンボジア、ラオスなどに進出してる日本の中規模企業に設備投資資金を回し、ハイリターンを得てたようですよ」

「そうですか」

「しかし、その後、欧米からファンドマネーが現地企業に集まると、投資先は次々に撤退せざるを得なくなってしまったみたいですね。ここ一、二年はドバイの石油採掘権の取得に奔走してるそうですけど、資金繰りが大変みたいで『日進ファイナンス』から三億前後借りているはずです」

「『サンライズ・トレーディング』の本社は、どこにあるんです?」

「港区赤坂五丁目にあるSKビルの中にあります。明石社長の自宅は、渋谷区代々木一丁目にあるんです。小田急線の南新宿駅の近くですよ」

二階堂が答えた。須賀は必要なことを書き留め、手帳を閉じた。

「いま思い出したのですが、明石さんはいつだったか、何か悪事の片棒を担がされるかもしれないとぼやいてました。それから、元ピアノ弾きの松浦さんは明石社長と面識がありますね。一年ぐらい前にわたし、明石社長と一緒に東京競馬場に行ったことがあるんですよ。そのとき、馬券売場の前で偶然に松浦さんとばったり会ったんです。で、二人を引き合わせたんですよ」

「そうなんですか」

「もしかしたら、その後、松浦さんと明石社長はつき合うようになったのかもしれない。そうだったとすれば、松浦さんは明石社長を庇うため、わたしが元組員たち三人の黒幕だなんて言ったんだろうな」

二階堂が呟いた。

須賀は曖昧な答え方をして、相棒とともに辞去した。店の外に出ると、理恵が開口一番に言った。

「先輩の言った通りです。わたしの勇み足でした。『アポロン』の社長を揺さぶれば、何か新たな情報を摑めると思ったので、つい……」

「あんまり気にするな。誰にも失敗はあるもんだ。おれなんか、四十過ぎてもドジばかり踏んでる。きょうは中野の独身寮に帰って、早めに寝め」

須賀は笑顔で言った。理恵は須賀と同じく東京育ちで、実家は大田区上池台にある。しかし、警察関係者に〝待機寮〟と呼ばれている独身寮で暮らしていた。

「先輩は、赤坂の『サンライズ・トレーディング』に行かれるんですね？」

「この時刻だから、明石社長はもうオフィスにはいないだろう。代々木一丁目の自宅に行ってみるよ」

「そうですか。それでは、わたしはお言葉に甘えて先に帰らせてもらいます」

理恵が軽く頭を下げ、ゆっくりと遠ざかっていった。須賀はスカイラインに乗り込み、代々木をめざした。

明石社長の自宅は造作なくわかった。洒落(しゃれ)た造りの二階家だった。敷地は百坪前後だろうか。

須賀は覆面パトカーを明石宅の数軒先に停めた。引き返し、インターフォンを鳴らす。応答に出たのは明石の妻だった。まだ夫は帰宅していないという。

須賀は知人を装い、ありふれた姓を騙(かた)った。踵(きびす)を返し、スカイラインに引き返す。

覆面パトカーに乗り込もうとしたとき、暗がりから男がぬっと現われた。

捜査二課時代の同僚の立花歩(たちばなあゆみ)警部補だった。三十四歳で、まだ独身だ。

「組対四課が明石淳一をマークしてるとは知りませんでしたよ」

「職務じゃないんだ。母方の従兄(いとこ)が『サンライズ・トレーディング』に投資したらしいんだが、配当金を貰えなくなってるんだってさ。それで、明石社長に直(じか)に説明してもらおうと思ったんだよ」

須賀は、とっさに思いついた嘘を澱(よど)みなく喋(しゃべ)った。

「そうだったんですか。おそらく須賀さんの従兄は、ドバイの石油採掘権を取得したという虚偽のセールストークに引っかかってしまったんでしょう」

「『サンライズ・トレーディング』は計画的な投資詐欺をやってたのか⁉」

「その疑いは濃厚ですね。社長の明石淳一は全国の投資家から約五十七億円のファンドマネーを集めておきながら、出資者にわずか二回しか配当を払ってないんですよ。調べてみたら、『サンライズ・トレーディング』はドバイはもちろん、アラブの産油国で一つも採掘権なんか手に入れてなかったんです。悪質な詐欺ですよ。ただ、明石個人が踏める犯行（ヤマ）とは思えません」

「明石社長は何か事情があって、裏社会の人間に大胆な投資詐欺を強要された可能性もあるってこと？」

「ええ。そうだとわかったら、組対四課に情報をいただきに行きます。そのときは、ひとつよろしく！」

「ああ、わかった」

「わたしはもうしばらく張り込みますので、失礼しますね」

立花がふたたび暗がりに身を潜（ひそ）めた。

須賀はスカイラインの運転席に坐り、イグニッションキーを勢いよく回した。

4

線香が燃え尽きた。

堀内は亡妻の遺影に合掌し、おもむろに立ち上がった。

白金の自宅の仏間だ。十畳の和室だった。階下の奥まった場所にある。きょうは十年前に亡くなった姿子の命日だった。黒檀の仏壇には、亡妻の大好物だったチーズケーキと百合の花を供えてある。

堀内は姿子の命日には何があっても、わが家にいるよう心掛けてきた。いまの医療技術なら、亡妻の持病だった拡張型心筋症も手術で治せるにちがいない。現に国内の大学病院でバチスタ手術が行なわれている。

しかし、十年前はアメリカやドイツの大病院で心臓移植手術を受けるほかなかった。それも患者が外国人の場合、多額の手術費用が必要だった。

いま現在なら、たとえ手術費用が二億円かかったとしても、姿子の命を救えただろう。手術費用が工面できなかったせいで、みすみす妻を若死にさせてしまった。そのことで、堀内はいまだに腑甲斐なさを感じている。

亡妻の命日に毎年、仏間で寝むのはせめてもの償いだった。堀内は仏壇の前に夜具を延べ、居間に移った。

五十畳のリビングは掃除が行き届き、清潔感が漂っていた。頭上のシャンデリアも磨き上げられている。バカラの特注品だった。

堀内はハウスクリーニング業者に一日置きに自宅を掃除させていた。庭木の手入れ

も植木職人に頼んであった。

堀内はイタリアの家具会社に特別注文したリビングソファに腰かけ、葉煙草(シガリロ)をくわえた。寛(くつろ)ぎたかったが、居間は広すぎて逆に落ち着かない。

貧乏な幼少時代を送った堀内は、定時制高校を卒業するまで弟や妹と狭い和室で折り重なるようにして寝ていた。冬は弟たちの体温で暖かかったが、真夏は地獄だった。あまりの暑さに耐えられなくなって、自分だけ濡れ縁に移ったこともある。

勉強机もなかった。子供たちはニスの剝(は)げた卓袱台(ちゃぶだい)の上で代わりばんこに学校の宿題をこなした。衣類も、近所の家から貰ったお下がりばかりだった。ただし、下着だけは買ってもらえた。

食生活も貧しかった。めったに刺身や牛肉は食卓に並ばなかった。魚の干物(ひもの)や田舎煮の類(たぐい)ばかりだった。ストロベリーのショートケーキは年に一度ぐらいしか食べられなかった。おやつは、たいてい乾燥芋(かんそういも)だった。

暮らしは楽ではなかったが、家族はよく笑った。兄弟喧嘩もよくしたが、それは一種のレクリエーションだった。

堀内は子供のころの思い出に耽(ふけ)っているうちに、ひとりでに頰が綻(ほころ)んでいた。

いまの生活に特に不満はない。弁護士になったことにも悔いはなかった。それでいながら、昔の暮らしが妙に懐(なつ)かしい。

検事として活躍していたころは、ある種の使命感に燃えていた。要領よく立ち回っているエリートたちを毛嫌いし、ハンディキャップを背負った人々を支援することに生き甲斐を感じていた。

しかし、いまはそうした気負いや意欲は萎みかけている。社会の構造を変えることにも熱意をあまり感じなくなっていた。

きょう、大物弁護士の後藤に言われた言葉が棘のように胸に突き刺さったままだ。シガリロの火を消したとき、居間の固定電話が鳴った。午後十一時を過ぎていた。

堀内はリビングソファから立ち上がって、電話台に歩み寄った。電話をかけてきたのは東京弁護士会の後藤会長だった。

「例の試験の出題作成者と接触できるかもしれない」

「ということは、後藤先生、わたしのお願いを受け入れてくれる気になられたわけですね？」

「拒絶したら、倅の前途が黒く塗り潰されることになるからな。家内はいい加減に要の尻拭いはやめるべきだと言ってるんだが、わたしはどうしても息子を突き放すことができない。たったひとりの子供だからね」

「先生にとって、要さんは宝物なんでしょう」

「ま、そうだな」

「奥さまには恨まれるでしょうが、わたしにはありがたいお電話です」

　堀内は大物弁護士におもねた。

「そういうことだから、息子の犯罪行為は絶対に警察にもマスコミにもリークしないでもらいたいんだ」

「ええ、わかってますよ。それで、どのくらい待てばよろしいのでしょう？」

「三、四日以内には何とかなりそうだ」

「ひとつよろしくお願いします」

「堀内君、きみは心情に引きずられすぎてるな。社会的弱者の味方をするのは悪いことじゃない。しかし、きみが法の抜け道を伝授してる政治家、財界人、裏社会の顔役たちは決して弱者なんかじゃないぞ。弱者どころか、強欲な悪人どもだ。そんな連中の茶坊主みたいなことをして高収入を得てることを恥ずかしく思わないのかっ」

「茶坊主とは手厳しいな。わたしは法律の抜け道を依頼人たちに教えてますが、自分の手は一度も汚してません」

「きみはそう思いたいだろうが、客観的に見て、法の向こう側にいる。きみは違法すれすれのことをやってるだけだと言い張るだろうが、犯罪として立件できることをやってるんだよ。今回の件だって、れっきとした脅迫罪じゃないか」

「わたしを告訴してもかまいませんよ」

「開き直ったな」

「先生、どうなさいます？」

「わかったよ。きみはどこまでも堕落して、地獄で号(な)けばいいさ」

後藤が通話を切り上げた。

堀内はフックを押し、関東義誠会の日垣会長のスマートフォンを鳴らした。ツーコールで、電話は繋がった。

「いま後藤弁護士から電話がありまして、事はうまく運びそうです」

堀内は詳しい話をした。

「そういうことなら、息子の数馬も来年は司法試験にパスするだろう。堀内先生、銀座のクラブで飲んでるの？」

「いいえ、珍しく白金の自宅にいるんですよ」

「広尾の彼女と喧嘩でもしたのかな」

「そうではありません。きょうは亡くなった妻の命日ですので、自宅に戻ってるんです」

「そうだったのか。ひとりじゃ、退屈でしょ？」

「まあ」

「先生、車を飛ばして奥湯河原(おくゆがわら)に来ませんか？　わたしね、セカンドハウスに来てる

んだ。午前一時から地下室で、趣向を凝らしたショーをやることになってるんですよ。各界の有名人にも声をかけてありますので、セレブたちをご紹介します」

「これからですか」

「飲んじゃってるんだったら、タクシーでいらっしゃいよ。帰りは若い者に車で送らせましょう」

「今夜はアルコールは一滴も飲んでないんですが……」

「だったら、ぜひ来てほしいな。先生が観たこともないようなショーを用意してるんです。ありきたりのセックスショーなんかじゃないから、充分に愉しめると思いますよ。とにかく待ってます」

日垣が一方的に言って、電話を切った。

堀内は気乗りしなかった。しかし、断ったりしたら、後が面倒だ。各界の著名人と知り合えれば、さらに旨味のある弁護依頼が増えるかもしれない。そういう打算も働いた。

堀内は二階の寝室に駆け込み、手早く着替えをした。

黒いタートルネック・セーターの上にライトグレイのカシミヤジャケットを羽織る。下は木炭色のフラノのスラックスを選んだ。戸締まりをして、ガレージのレクサスに乗り込む。

猛烈に寒かった。小雪がちらつきそうだ。

堀内はレクサスを走らせはじめた。玉川通りを走って、東名高速道路に入る。大井松田ＩＣで一般道路に乗り入れ、国道二五五線を進んだ。

真鶴街道を南下し、湯河原駅の先を右折する。深夜の道路は、どこも交通量が少なかった。快調に進めた。湯河原温泉街を通り抜け、奥湯河原の旅館街の脇から大観山の裾野を数キロ走った。

日垣会長の別荘には三度ほど招かれ、バーベキュー・パーティーに参加している。見晴らしのいい場所に建つセカンドハウスは要塞のような造りで、ひときわ目につく。敷地は約千坪あるらしい。

背後には蜜柑畑が連なり、別荘から相模湾が一望できる。晴天なら、初島がくっきりと見えるという。

やがて、堀内は日垣会長の別荘に着いた。午前零時十五分過ぎだった。

広い車寄せには、高級外車が数台駐めてあった。レクサスを見かけて、日垣のボディーガードが駆け寄ってきた。巨漢だった。

「ご苦労さまです。会長は応接室でゲストの方たちと談笑されています。堀内先生が到着されたら、応接室にお通しするよう言われています」

「そう」

堀内は車を降り、別荘の中に足を踏み入れた。

玄関ホールは優に三十畳はあった。堀内は靴を脱ぎ、玄関ホールに面した応接室に入った。十人掛けのソファに坐り、先客とにこやかに話し込んでいた。テーブルには、ブランデーグラスが置かれている。

日垣は窓側のソファセットが三組据えられている。

客のひとりは初老の男優だった。若いころは、もっぱらアクション映画に出演していた。最近はテレビドラマやトーク番組に出ているようだ。

もうひとりの客は、名の知られた野球解説者だった。五十年配で、現役時代には名捕手として鳴らしていた。

「先生、無理を言って悪かったね」

日垣が上機嫌に言って、二人の先客を紹介してくれた。

堀内は名乗り、俳優と野球解説者に名刺を手渡した。

「昔の彼女が実はわたしの子をこっそり産んでたなんて言って、いまごろ養育費を請求してきたんですよ。背後に悪知恵をつけた男がいるようなんです。堀内先生に力を貸してもらうかな」

男優が真顔で言った。

「いつでも相談に乗りますよ。成功報酬は少し高めですが、後腐れのないよう処理し

てあげましょう」

「来週あたり、一度お電話させてもらいます」

「わかりました」

堀内は男優のかたわらに腰かけ、日垣に注がれたブランデーを傾けはじめた。

四人で雑談を交わしていると、次々に有名人が訪れた。高名な建築家、ニュースキャスター、Ｊポップ歌手、プロサッカー選手、映画監督、カリスマ美容師たちだった。

堀内はゲストの全員と名刺交換をした。彼らは秘密ショーの内容を知っているようだったが、具体的なことは口にしなかった。

ボディーガードの男が応接室に顔を見せたのは、午前零時五十分ごろだった。

「ショーの準備が整ったんだな？」

日垣が確かめた。

「はい」

「そうか。それじゃ、ゲストの方たちを地下室にご案内してくれ」

「わかりました」

ボディーガードが客たちに声をかけ、案内に立った。

堀内はゲストがいなくなってから、ソファから立ち上がった。

「日垣会長、いったい何がはじまるんです？」

「そいつは、お後のお楽しみってことで……」

日垣が言葉を濁し、堀内を地下室に導いた。

だだっ広い地下室のほぼ中央に特設リングが設置されていた。有名人たちは早くもリングサイドの椅子に腰かけている。リングには、頭に麻袋を被せられた男が突っ立っていた。服はよれよれで、手の甲も垢で黒ずんでいる。

よく見ると、男は右手に六十センチほどの長さの棒切れを握っていた。両方の足首には、鉄製の足枷が嵌められている。

鎖は三十センチそこそこだ。動きは、かなり制限されるにちがいない。

「リングに立ってる男は、横浜で拾ってきた路上生活者なんですよ。若い者がいい仕事を世話してやるって声をかけたら、喜んで従いてきたそうです」

日垣が堀内に耳許で囁いた。

「会長、あの男に何をやらせる気なんです？」

「あいつと飼い犬のボビーにデスマッチをさせるんですよ」

「えっ」

「ゲストの方たちには、どっちが生き残るか賭けてもらった。一口百万です。人間が勝つと予想した客が約七割でした。しかし、ドーベルマンは獰猛な犬です。やすやすとはくたばらんでしょう」

「会長は、ボビーのことを子供のようにかわいがってたのに」

「確かにボビーは愛犬です。だけど、ホームレスにぶち殺されることになっても、スペアの犬は手に入りますんでね」

「それはそうですが、わたしだったら、別の犬を使うな」

「先生は、まだ人間が甘いな。とにかく、坐りましょうや」

「ええ」

堀内は、最後列に日垣と並んで腰かけた。そのとき、ボディーガードの男がドーベルマンをリングに押し上げた。

拍手が鳴り響いた。

麻袋を被せられた男は本能的に身構えた。ボビーは、いつでも跳躍できる姿勢を取って動かない。相手の出方をうかがっているようだ。

「ワン公、どっからでもかかってこい！　おれはおまえをぶっ殺して、三十万のファイトマネーを貰う」

男が喚いて、棒を振り回しはじめた。

ドーベルマンが男ににじり寄り、不意に高く跳んだ。犬歯を右の太腿に突き立てられ、男が呻いた。すぐに彼は、ボビーの背骨を棒で叩いた。

いったん後退した犬は不気味な唸り声を発した。体毛が逆立ち、耳も後ろに反って

いる。

「今度は頭をぶっ叩いてやる！」

男が大声を張り上げた。

次の瞬間、ボビーが宙を舞った。対戦相手の右腕に噛みついて、首を左右に振りはじめた。男にぶら提がる恰好だった。闘志満々だ。

男が腰を捻って、ドーベルマンを振り落とした。二の腕の筋肉は噛み千切られていた。男は痛みに呻きながら、棒切れを左手に持ち替えた。

その直後、ドーベルマンが男の左肩に歯を喰い込ませた。

男が足を縺れさせて、横に転がった。

すかさずドーベルマンが男の首筋、喉元、脇腹に噛みついた。狂ったように肉を咬み、前肢で麻袋を剝ぎ取る。

男の煤けた顔面が現われた。

頭髪は脂でぎとついていた。六十年配だった。

男は棒切れを水平に薙いで、肘を使って上体を起こした。そのとき、ドーベルマンが男の鼻柱に噛みついた。

男は血を流しながら、仰向けに引っくり返った。

ボビーはチャンスとばかりに、相手の顔や体に犬歯を埋めた。爪で引っ搔きもした。

男はひとしきり転げ回ったが、やがて全身を痙攣させはじめた。血みどろだった。

「おっさん、立ち上がれ！」

「犬になんか負けんなよ」

観客たちが口々に囃し立てた。だが、ホームレスの男は間もなく動かなくなった。

「死んだんですかね」

「ああ、くたばったんでしょう。もう少し観客を愉しませてくれると期待してたんですが……」

日垣が堀内に言って、ボディーガードの男に合図した。

護衛役の男が大きくうなずき、特設リングにスペアリブを投げ込んだ。口許を鮮血で染めた日垣の飼い犬はスペアリブに突進し、がつがつと貪りはじめた。ボビーは朝から何も餌を与えられていなかったのだろう。

ゲストの多くが落胆した顔つきになった。ドーベルマンが勝つほうに賭けたらしい野球解説者は、子供のようにVサインを高く翳していた。

「予想通り、胴元のおれには数千万円の小遣いが入るな」

日垣がほくそ笑んだ。

醜悪な光景だった。堀内は耐えられなくなって、椅子から立ち上がった。地下室の階段を駆け上がり、一階のサンデッキに出る。

吐き気を堪えていると、日垣が近づいてきた。

「先生、ブランデーを飲みすぎたのかな？」

「いや、凄惨なデスゲームを観たら、気分が悪くなったんですよ」

「デリケートなんだな、先生は。ボビーに嚙み殺されたのは価値のない宿なしだったんです」

「それでも、人間じゃないですかっ。彼がゲームの餌食になったことが表沙汰になったら、会長はまずい立場になりますよ」

「そうはなりませんや。ゲストのどなたも、今夜のことは口外できないはずです」

「どうしてです？」

「地下室には、三台のビデオカメラを設置してあるんですよ。客は先生を含めて全員が映ってるでしょう。だからね、誰もデスゲームのことは他言できないわけでさあ」

「会長は怖い方だな」

堀内は力なく呟いた。

日垣が喉の奥で笑った。鳩の鳴き声に似ていた。堀内は、底なし沼に引きずり込まれたような恐怖を覚えた。

夜空に星は一つも輝いていなかった。

第三章　気になる投資詐欺

1

棚からファイルを抜き出す。

職場の捜査資料室である。須賀は立ったまま、関東義誠会直属の企業舎弟のリストに目を落とした。

歌舞伎町のホストクラブを訪ねた翌日の正午過ぎだ。『日進ファイナンス』の本社は、新宿五丁目にあった。代表取締役は橋爪恒平だった。

橋爪は名門私大の商学部出身で、四十五歳である。外見は紳士然としていて、筋者には見えない。だが、関東義誠会の直参である矢部組の組長代行だ。組長の矢部邦夫は数年前からアルツハイマー型認知症を患い、名目だけの親分になっていた。

橋爪は要領よく立ち回ってきたらしく、これまで有印私文書偽造で略式起訴されただけだ。実刑は一度も喰らっていない。『日進ファイナンス』の社員は、およそ三十

人だった。その中に『アポロン』で厭がらせをしていた牧村と馬場も入っていた。

須賀はファイルを棚に戻し、捜査資料室を出た。組織犯罪対策部第四課の刑事部屋に戻ると、山根課長が手招きした。

須賀は課長の席に足を向けた。立ち止まると、課長が先に言葉を発した。

「午前中に捜一の課長と刑事部長室で会ったよ。捜査本部の事案は捜一に任せてもらえねえかって言われたんだが、はっきりと断った。だから、捜一の連中に妙な遠慮はしねえでくれ」

「わかりました」

「情報屋の松浦は誰かを庇ってるようだって話だったよな？」

「ええ。殺された松浦は、捜二に投資詐欺容疑でマークされてる投資顧問会社『サンライズ・トレーディング』の明石社長を庇いたかったのかもしれません。それで、一連の事件の主犯格グループを背後で操ってたのはホストクラブのオーナーの二階堂らしいって噂があると言ったんでしょう」

須賀は言った。

「松浦と明石には接点があったんだな？」

「まだ確認はしていませんが、『アポロン』の二階堂社長は東京競馬場で二人を引き合わせたと言ってました」

「そうか」

「二階堂の話によると、『サンライズ・トレーディング』の明石社長は『日進ファイナンス』から三億円ほど事業の運転資金を借りて返済に困ってる様子で、何か悪事の片棒を担(かつ)がされそうだとぼやいてたらしいんです」

「ということは、明石は関東義誠会の企業舎弟(フロント)に投資詐欺を強要されたかもしれねえんだな」

「そうでしょうね、まだ推測の域を出ませんが。きのうは明石社長と会えなかったんで、これから赤坂の会社に行ってみます」

「そうかい。人手が足りねえようだったら、真下(ました)班の五人を回してやろう」

山根課長が言った。

須賀と理恵は課内のどの班にも属していなかった。課長直属の特別捜査員だ。

「まだ助(すけ)っ人(と)は必要ありません」

「わかった。午後二時過ぎには松浦の司法解剖の結果が出ると思うが、新たな手がかりは期待できねえだろう」

「でしょうね」

「松浦をゴルフクラブで撲殺したのは、堅気じゃねえと思うな。『サンライズ・トレーディング』の明石が松浦に口止め料か何か要求されて、犯罪のプロを雇ったんじゃ

ねえのか？」

「明石に直に会って、そのあたりのことを探ってみましょう」

　須賀は言って、自席に落ち着いた。相棒の理恵は隣席で、一連の売上金強奪事件の調書の写しを読んでいた。

「三雲、何か気になることがあるのか？」

　須賀は美人刑事に声をかけた。

「ええ、ちょっと。毒殺された東郷たち三人が現金集配車を襲ったとき、犯行現場には毎回異なった見張り役がいたはずなんですが、そいつらは誰も逮捕されてないんですよね？」

「そうだ」

「見張りを務めた奴らが暴力団関係者なら、ひとりぐらいは検挙されてると思うんですよ」

「おそらく東郷たちは派遣の仕事をこなしてるフリーターかネットカフェ難民の男たちを集めて、見張りをさせたんだろう。前科のあるヤー公を使ったら、足がつきやすいからな」

「ああ、なるほど。先輩の推測を聞いて、わたし、疑問が解けました」

「この時間なら『サンライズ・トレーディング』の明石社長は自分のオフィスにいる

だろう」

「先輩、明石の会社を訪ねるのはまずいですよ。だって、捜二の立花警部補が昨夜、明石の自宅を張ってたんでしょ？」

「もちろん、明石社長に面会を求めるわけじゃない。オフィスの近くで張り込んで、外出した明石に声をかける」

「そういう段取りなんですか。それじゃ、わたし、明石社長が出社してるかどうか確認してみます」

理恵が卓上の警察電話を使って、『サンライズ・トレーディング』に連絡を取った。彼女は投資家になりすまし、受話器を取った相手と短い遣り取りをした。

「どうだった？」

「明石は会議中だそうです」

「よし、オフィスに行こう」

須賀は勢いよく立ち上がった。すぐに理恵も椅子から腰を浮かせる。

二人は刑事部屋を出て、エレベーターで地下二階の駐車場に降りた。須賀は相棒を助手席に坐らせ、スカイラインの運転席に入った。

赤坂五丁目にあるＳＫビルを探し当てたのは十五、六分後だった。

ＳＫビルの周囲を巡ってみたが、どこにも警察車輛は見当たらなかった。捜査二課

の立花刑事たちは、すでに明石の投資詐欺を立件できるだけの証拠を固めたのか。

須賀は少し焦りを感じながら、覆面パトカーをＳＫビルの斜め前に停めた。

「『サンライズ・トレーディング』は七階にあるんだ。そっちは投資希望者の振りをして、会社のパンフレットを貰ってきてくれないか。パンフレットに明石社長の顔写真が載ってると思う」

「パンフレットがなかったら、わたし、父親が石油採掘ビジネスに出資してるとでも偽って、会議室か社長室に押しかけ、明石の顔を拝んできます」

理恵が車を降り、ＳＫビルの中に走り入った。

須賀はセブンスターに火を点けた。一服し終えて間もなく、相棒の理恵が戻ってきた。会社のパンフレットを手にしていた。

「ドバイの採掘場の写真がでかでかと載ってて、明石の顔写真入りの挨拶文も掲げられてます」

「そうか」

須賀はパンフレットを受け取り、真っ先に明石社長の顔写真を見た。

いかにも野心家という印象を与える容貌だった。眉が濃く、きっとした目をしている。唇は一文字に近い。

社長の挨拶文は、主に石油ビジネスの誘い文句だった。出資者にハイリターンを約

束するとも記されていた。もっともらしく載せられた石油採掘現場のカラー写真には、アラブ系の作業員たちが何人も写っていた。

「その採掘場は、アメリカの大手石油会社のものなんではありませんか？」

「多分、そうなんだろう」

「明石社長って、野心がもろに顔に出ちゃってますね。わたし、こういうタイプの男は最も苦手なんですよ。この手の男性は、お金がすべてと考えてそうでしょ？」

「そんな感じだな」

「男は粋なとこがないと、駄目ですよ」

理恵が言った。

須賀は目で笑って、折り畳んだパンフレットをグローブボックスに突っ込んだ。その直後、二十人前後の中高年の男女が団子状になってＳＫビルに入っていった。一様に表情が険しかった。

「あの人たち、投資詐欺に引っかかった出資者なんじゃないのかしら？」

「そうみたいだな」

理恵が小声で言った。

「わたし、ちょっと様子を見に行ってきます」

「いや、そっちは車の中で待っててくれ」

須賀はスカイラインを降り、ＳＫビルに足を向けた。一階のエレベーターホールには、もう七、八人の男女しかいなかった。

須賀は、六十歳前後の品のある女性に話しかけた。

「失礼ですが、あなた方は『サンライズ・トレーディング』の石油ファンドに投資されてたんでしょう？」

「そうなの。わたしは退職金の八割も出資してしまったんですよ。配当金を二回貰ったけど、それっきりなの。計画的な投資詐欺だと思うわ。あなたも被害者なのね？」

相手が確かめた。須賀は話を合わせた。

「悪質よね。どう考えても赦せることじゃないんで、わたしたち被害者の有志が集まって、明石社長を吊るし上げにきたの。あなたも一緒に行動してくれません？」

「いいですよ」

「心強いわ。リーダーの男性はもう七十代だから、なんとなく頼りないの」

相手がそう言い、須賀の上着の裾を引っ張った。

エレベーターの扉が左右に割れた。投資詐欺被害に遭った人たちが函に乗り込んだ。

須賀もエレベーターの中に入った。七階のエレベーターホールは人であふれていた。

人垣の中心にいるのは、明石社長だった。写真よりも少し老けて見える。

「みなさん、冷静になってください。配当金の支払いが遅延していることは素直に認

めます。しかし、断じて計画的な投資詐欺ではありません」

「ごまかすな。あんたは将来の生活に不安を感じてる中高年をまんまと騙したにちがいない。きさまは人間の屑だっ」

リーダー格の男が言うなり、隠し持っていた生卵を明石の頬骨のあたりに叩きつけた。潰れた黄みが顎から滴り落ち、明石のワイシャツとネクタイを汚した。

別の年配の女性が墨汁を明石の上着にぶっかけた。それがきっかけで、明石はまた生卵をぶつけられた。

『サンライズ・トレーディング』の出入口から若い男性社員たちが飛び出してきた。四人だった。彼らは押しかけた被害者たちを掻き分け、明石社長をオフィス内に引っ張り込んだ。ドアはすぐにロックされた。

「逃げるとは卑怯じゃないか」

「疚しさがないなら、堂々と説明してちょうだいよ」

被害者たちがドア越しに呼びかけたが、なんの応答もなかった。

「今度は弁護士と一緒に来ましょう。みなさん、きょうはいったん引き揚げましょうよ」

リーダー格の七十年配の男が同行者たちに呼びかけた。不満げな顔をする者が多かったが、彼らは諦めてエレベーターに乗り込んだ。

須賀は刑事用携帯電話で相棒を呼び寄せた。

理恵が『サンライズ・トレーディング』のドアをノックし、正体を明かした。

すると、ドアが開けられた。姿を見せたのは二十三、四歳の受付嬢だった。

「明石社長にお目にかかりたいんだ。取り次いでもらえないだろうか」

須賀は名乗って、来意を告げた。受付嬢が内線電話の受話器を持ち上げた。

須賀たちはあっさり社長室に通された。明石は洗顔したばかりらしく、タオルを使っていた。汚れたワイシャツは脱ぎ、Tシャツ姿だった。

明石は新しいワイシャツに袖を通してから、須賀たちを待たせたことを詫びた。須賀たち二人はそれぞれ警察手帳を短く見せ、苗字だけを教えた。

「ま、坐りましょう」

明石が先に応接ソファに腰を沈め、須賀たちにも椅子を勧めた。

須賀は明石の真ん前に坐った。理恵が左隣のソファに浅く腰かける。

「松浦さんが殺されたと知って、びっくりしましたよ」

明石が須賀に言った。

「彼とは、『アポロン』の二階堂社長の紹介で知り合ったとか？」

「ええ、そうです。わたし、子供のころ、ピアノの個人レッスンを受けてたんですよ。

それで、松浦さんと話が合ったんです。知り合ってから、月に一度は食事をしたり、

飲んだりしてました。打算抜きのつき合いだったので、息抜きになってたんですよ」

「まったく利害が絡まなかったんなら、何かで揉めたことはなかったんだろうな」

「ええ、そういうことは一度もありませんでした」

「そうですか。情報源は明らかにはできないのですが、明石さんは『日進ファイナンス』から運転資金をお借りになってたとか？」

「ええ、三億ほど借り入れてました。しかし、先日、負債はきれいにしました。石油採掘の事業が軌道に乗りましたので、先日、完済したんですよ」

「さっき出資者と思われる方たちが何やら騒いでたようですね」

「出資者に配当金をお支払いするのがちょっと遅れただけなんですよ。みなさんからお預かりした約五十七億円のファンドマネーはちゃんと運用していますし、予想以上の利潤を得ています」

「それなのに、どうして配当金の支払いができなかったんでしょう？」

　理恵が明石社長に訊いた。

「それはですね、もう一つ採掘権を買うつもりでいたからです。しかし、価格的に折り合いがつかなくて、結局は買わなかったんですよ。ですから、遅延してる配当金の支払いは明日にも開始するつもりです」

「そうですか」

「わが社が計画的に投資詐欺を働いたなんて中傷があるようですが、それはデマもいいところです」

「『日進ファイナンス』の返済が終わってるんでしたら、お手許に借用証がありますよね？」

「借用証は、もう焼却処分してしまいました」

「それは変だわ。法人なら、お金の出し入れはきちんと記録するもんよね。返済金があれば、その分、利益から差し引けるはずです」

「そうなんですが、運転資金を暴力団の息のかかった金融会社から調達したことを表に出したくなかったんですよ。その事実を投資家たちに知られたら、信頼を失ってファンドマネーを引き揚げられてしまうかもしれませんのでね」

明石は澱（よど）みなく説明したが、少し狼狽（ろうばい）している様子だった。目に落ち着きがなかった。

「事業家が余計な法人税を払うとは常識では考えにくいわね」

「あなた、何が言いたいんですっ。確かに税金は少ないほうがありがたいですよ。しかし、わたしのビジネスは信用が第一なんです。だから、企業舎弟から運転資金を借りたことを伏せたかったわけですよ。別にほかに裏事情があったわけではありません」

「そうなの」

理恵が口を閉じた。明石が首筋を撫で、指先を嗅いだ。卵の黄みの臭いがまだ肌に染み込んでいるのか。

「あなたの知人の証言なんですが、『日進ファイナンス』に何か不正を強いられそうだという意味合いのことをおっしゃったようですね？」

須賀は言った。

「その話は、『アポロン』の二階堂社長から聞いたんでしょう。確かに返済が遅れたとき、『日進ファイナンス』の橋爪社長から銀行強盗でもやったらどうだと言われました。もちろん、冗談だったんでしょう。わたしは真に受けたわけじゃなかったんですが、ゴルフ仲間の二階堂さんにそのことを話しました。というのは、二階堂社長が同情してくれれば、いくらか金を貸してもらえるかもしれないと思ったからなんです」

「ちょっと待ってください。二階堂さんはあなたに紹介されて、『日進ファイナンス』で一億ほど借り入れたと言っていました。違うんですか？」

「ええ、その通りです。二階堂社長の店も赤字つづきであることは、彼から聞いて知ってました。しかし、日銭の入る商売ですので、三百万か四百万は回してもらえるかもしれないと思ってたんです。それで、金利分をとりあえず払おうと目論んだわけですよ。しかし、二階堂さんはそれどころじゃなかったんでしょう。同情はしてくれましたが……」

「金は回してくれなかった？」

「ええ、そうです。いまの説明で納得していただけました？」

明石が余裕たっぷりに笑い、左手首のフランク・ミュラーに目を向けた。辞去を促したにちがいない。

須賀は相棒の肩を軽く叩いて、すっくと立ち上がった。理恵が倣う。

二人はＳＫビルを出ると、スカイラインに乗り込んだ。須賀はエンジンをかけ、覆面パトカーを数十メートル後退させた。

「明石社長は投資家たちから集めたファンドマネーを流用して、『日進ファイナンス』の借金をきれいにしたんでしょうか。それとも、関東義誠会の企業舎弟に脅迫されて、東郷たち三人のダミーの黒幕役を引き受けたのかしら？」

「どちらとも考えられるな。少し明石に張りついてみよう」

「はい。明石が何か尻尾を出してくれるといいですね」

「そうだな」

会話が中断した。

そのすぐ後、ＳＫビルの前に二台の警察車輛が停まった。灰色のプリウスから最初に降り立ったのは、捜査二課の立花警部補だった。同じ課の刑事が六人、次々に覆面パトカーから姿を見せた。

「捜二は明石を詐欺容疑で立件できると確信して、逮捕に踏み切ったようだな」

須賀は理恵に言って、立花たちの動きを見守った。捜査二課の刑事たちはひと塊(かたまり)になって、ＳＫビルのエントランスロビーに突き進んだ。

立花たちが表に出てきたのは、およそ十五分後だった。

捜査員に取り囲まれた明石社長は、前手錠を打たれていた。両手首は白っぽいコートで隠されている。立花が明石をプリウスの後部座席に押し入れ、すぐ自分も横に腰かけた。ほかの刑事たちが慌(あわ)ただしく二台の覆面パトカーに分乗した。

「捜二に先に明石の身柄(ガラ)を押さえられちゃいましたね。明石が全面自供したら、わたしたちの捜査は無駄になっちゃうのね」

「まだ勝負がついたわけじゃない。粘(ねば)るんだ、とことんな。『日進ファイナンス』の橋爪社長をマークしてみよう」

須賀は理恵に言って、スカイラインを走らせはじめた。

2

公判記録は分厚かった。

堀内はうんざりした気持ちになったが、目を通しはじめた。自分の事務所の所長室

だ。

頭の芯が重い。奥湯河原の日垣の別荘から自宅に戻ったのは明け方だった。階下の仏間で横になったが、なかなか寝つけなかった。ホームレスの男とドーベルマンの死闘場面が脳裏にこびりついて離れなかったせいだ。

裁判記録の文字が頭を素通りしていく。堀内は葉煙草に火を点け、神経を集中させた。

ようやく検察側と弁護人の応酬が目に浮かぶようになった。東京地方裁判所で争われている事件は預金拐帯だった。

被告人の銀行員は二十七歳の真面目な男だった。独身である。彼はカクテルバーで知り合った三十一歳の人妻に夢中になり、相手と駆け落ちした。

その前に被告人は勤務先から顧客の預金を二千万円も勝手に引き出し、それで駆け落ち相手と都心の一流ホテルに投宿していたのである。

危険に満ちた甘い生活は一週間で終止符を打つことになった。連れの人妻が被告人の所持金を持ち逃げしてしまったからだ。

惚れた女に裏切られた被告人は警察に自首した。およそ一千八百万円を持ち去った駆け落ち相手は、別の年下の男の自宅マンションに潜伏中に逮捕された。

被告人の父親は、堀内の旧友の高校時代の先輩だった。そんなことで、堀内法律事

務所で弁護を引き受けたわけだ。

平凡な刑事事件である。堀内は三十代後半の居候弁護士に仕事を任せた。坂下滋という名で、それなりに目をかけていた。

しかし、坂下弁護士は駆け引きが下手だった。これでは、検察側の求刑通りの判決が下ってしまう。それは、取りも直さず弁護人の敗北だった。

弁護士は勝訴してこそ価値がある。被告人の刑を大幅に軽減しなければ、所長である自分も面目を失う。

堀内は公判記録を横に除け、内線電話で坂下を所長室に呼びつけた。坂下弁護士はじきにやってきた。

「裁判記録をお読みいただけたのですね」

「ああ、目を通したよ。このままでは勝ち目はないね。坂下君、裏技を使おう」

「裏技ですか⁉ いったいどのような……」

「本件の被告人を心神喪失者に仕立ててしまおう。刑事責任を負う能力がないことにすれば、実質的には無罪になるじゃないか」

「しかし、偽の精神鑑定をしてくれるドクターはいないでしょ？」

「きみは、まだ世の中や人間のことがわかっていないな。立派な精神科医だって、所詮は生身の人間だよ。ドストエフスキーじゃないが、善人の心にも犯意や悪意は潜ん

でるもんだ。凄腕の調査員の浅利君にちょっと動いてもらえば、スキャンダル塗れの精神科医は見つかるだろう」

「先生！」

「きみが弁護士は正義の味方と本気で考えているとしたら、この業界でのし上がることはできないぞ」

堀内は冷ややかに言って、冷めた緑茶をひと口飲んだ。

「弁護士は清濁併せ呑まなければ、ビジネスにならないことはわかってます。しかし、被告人に有利な鑑定をしてくれるドクターがいたとしても、検察側は当然、裁判長に別の精神鑑定をすべきだと訴えると思います」

「だろうね。そうしたら、敵が用意する精神科医に恐怖心を与えればいいのさ」

「恐怖心ですか？」

「そうだよ。わたしは闇社会のボスたちに貸しがある。連中が臭い飯を喰わずに済んだのは、わたしが裏でいろいろ画策したからだ。彼らは、わたしの頼みなら、なんでも聞き入れてくれるだろう」

「やくざを使って、精神鑑定を依頼されたドクターをビビらせるわけですね？」

「まあ、そういうことだ。インテリと呼ばれてる人間は口では立派なことを言ってても、暴力には弱いものさ。子供のころから勉強ばかりしてきた連中が大半だから、荒

っぽいことには馴(な)れてない。チンピラが巻き舌で話しかけただけで、おそらく震え上がるだろう」

「わたしだって、裁判には負けたくありません。ですが、弁護人としてのモラルがあります。いくら何でも、そうした裏技を使うのはいかがなものでしょうか」

坂下が遠慮がちに異論を唱(とな)えた。

「このわたしを軽蔑してるんだろうな」

「いいえ、そこまでは……」

「わたしの方針に従えないと言うんだったら、別の法律事務所に移ってもかまわない」

「そ、そんなことは言ってません。わたしは検事時代の先生の姿勢に共鳴したので、こちらにお世話になったんです。ですが、堀内先生は少し変わられてしまったような気がします。わたしは、それが残念なんですよ」

「坂下君、人間は不変じゃないんだ。心境の変化があれば、すべての価値観も違ってくるんだ。そもそも誰もが自己矛盾だらけなんじゃないのかね」

「そうかもしれませんが」

「ま、いい。きょうは、きみと論争する気分じゃないんだ。寝不足で、頭がぼんやりしてるんだよ。どうするか、よく考えてみてくれ」

堀内は椅子の背凭(もた)れに上体を預けた。

坂下が一礼し、所長室から出ていった。その背中には、落胆と哀しみの色がにじんでいた。坂下は、近日中に辞表を書く気になるかもしれない。堀内はそんな予感を覚えたが、少しもうろたえなかった。若手弁護士なら、いつでも補充できる。

煙草を喫う気になったとき、上着の内ポケットでスマートフォンが着信音を発しはじめた。

ちょうど午後三時だった。堀内は懐からスマートフォンを摑み出し、ディスプレイの表示を確かめた。発信者は愛人の明日香だった。

「何かあったのか？」

「少し前にエレベーターの中で痴漢に遭ったの。買物から戻って地下駐車場で函に乗り込んだら、扉が閉まる直前に二十代のニット帽を被った男が飛び込んできて……」

「どんなことをされたんだ？」

「おっぱいを鷲摑みにされて、お尻も揉まれたの。それから、前の部分もまさぐられたわ。わたし、非常ブザーを鳴らしたの。そしたら、変なことをした奴は焦って六階で降りて、非常階段のある方向に逃げていったわ」

「そうか」

「ずいぶん素っ気ないのね。わたしが知らない男に淫らなことをされたのよ。怒りを感じないの？　マンションの管理会社に連絡して、わたし、エレベーター内に設置さ

れてる防犯カメラの映像を借りようと思ってる。犯人の姿は鮮明に映ってるはずだから」

「明日香、落ち着きなさい。痴漢行為に腹を立てるのはわかるが、もう小娘じゃないんだ。そんなに怒るのは大人げないとは思わないか？」

堀内は訊いた。

「ええ、思わないわ。男女平等といっても、体力的には女のほうが絶対に不利よ。それをいいことに、女性に悪さをするのは卑劣だわ。ああいう奴は断じて赦せない。だって、女の敵だもの」

「その通りだが、別にレイプされたわけじゃない。それほど大げさに騒ぎたてることじゃないと思うがね」

「あなたの気持ちはよくわかったわ。口ではわたしのことをかけがえのない女性と言ってるけど、本心は単なる愛人と思ってるのよね。だから、そんなふうに冷静でいられるんだわ」

「どうしても気持ちが収まらないんだったら、借りた映像データを持って所轄署に行くんだね」

「あなたは力になってくれないの？」

「わたしは元特捜部検事の弁護士だよ。自分の彼女が痴漢に遭ったからって、いちい

ち表に出るわけにはいかない」

「あなたは大物ですものね。それに、世間体もあるんでしょ？　もう頼まないわ」

明日香が皮肉たっぷりに言って、通話を打ち切った。

堀内は苦笑し、電話を切った。ほとんど同時に、スマートフォンの着信ランプが灯（とも）った。液晶ディスプレイには、白金の自宅のナンバーが表示されている。

ハウスクリーニング業者からの連絡だろう。堀内は急いでスマートフォンを耳に当てた。

「わたしよ、父さん」

ひとり娘の奈穂の声だった。

「いつ帰国したんだ？」

「今朝（けさ）よ。いま、白金の家にいるの」

「奈穂が日本に帰ってきたのは一年ぶりだな」

「そうね」

「変わりはないか？」

「ええ、元気よ」

「早く顔を見たいな。よし、これから家に戻ろう」

「仕事をほうり出しても平気なの？」

「わたしは所長だよ。誰かの許可なんかいらんさ。大急ぎで帰宅するよ」

堀内は電話を切ると、いそいそと所長室を出た。秘書に帰宅することを告げ、エレベーターで地下駐車場に降りる。

レクサスに乗り込み、せっかちに発進させた。十五、六分で、わが家に着いた。

堀内は愛車を車庫に入れ、家の中に駆け込んだ。居間を覗くと、奈穂は白人青年と談笑していた。金髪で、瞳は澄んだブルーだった。まだ二十三、四歳だろう。

「お帰りなさい。紹介するわ。彼はリチャード・ハミルトンという名で、わたしの彼氏なの」

奈穂がソファから立ち上がって、金髪青年の腕を引っ張った。リチャードが腰を浮かせ、英語で自己紹介した。

堀内も英語で名乗り、娘たちを坐らせた。それから彼は、奈穂と向かい合う位置に腰かけた。

「いつから交際してるんだ？」

「一年数カ月前からよ。実は内緒にしてたんだけど、わたしの部屋で半年前から一緒に暮らしてるの」

「もう同棲中なのか⁉」

「ええ。リチャードはわたしよりも一つ年下だけど、考え方はしっかりしてるの。将

来は、きっとジャズピアニストとして大成するわ」

「それじゃ、リチャード君は音楽関係の仕事をしてるんだ？」

「ううん、いまは定職に就いてないの。アルバイトは、たまにやってるけどね」

　奈穂が言いにくそうに打ち明けた。

「要するに、ヒモなのか」

「ひどい言い方しないで。リチャードには才能があるの。あの有名なハービー・ハンコックにセンスは悪くないと認められたことがあるんだから」

「しかし、プロになれるという保証があるわけじゃないよな」

　堀内はリチャードを見ながら、娘に言った。金髪の美青年は片言の日本語しかわからないようで、終始、にこやかな表情を崩さない。

「父さんに仕送りしてもらってるお金でリチャードを養ってる恰好になってるけど、彼が成功すれば……」

「いずれ彼と正式に結婚する気なのか？」

「うん、リチャードがプロデビューしたらね。父さんは国際結婚に妙な偏見なんか持ってないでしょ？」

「ああ、それはね。しかし、娘を生活力のない相手に嫁がせることには抵抗があるよ」

「父さんには報告してなかったけど、わたし、ニューヨークで空間デザインの仕事を

少しずつ請け負ってるのよ。日本円にして、二、三十万円稼げる月もあるの。だから、リチャードがプロのジャズピアニストになれる日までサポートできるはずよ。むろん、彼にも少しアルバイトをしてもらうつもり」

「はっきり言うぞ。奈穂の彼氏には将来性がないと思う。ヒモみたいな暮らしに甘んじてる男は、伸びっこないよ。リチャードとは別れたほうがいい。そうじゃなければ、奈穂はみすみす不幸になるだろう」

「わたしは、リチャードのすべてが好きなのよ。ルックスだけに魅せられたんじゃないわ。不器用な性格だけど、夢に向かって突き進んでるとこが母性本能をくすぐるの。わたしがなんとかリチャードの夢を叶えてやりたいと思っちゃうのよ」

「言ってることが稚いな」

「リチャードとの仲を引き裂くつもりなら、わたし、親子の縁を切ってもいいわ」

奈穂が挑むように言った。真顔だった。

「話をそこまで飛躍させることはないじゃないか」

「わたしにとって、リチャードはこの世で一番大切な男性なの。悪いけど、父さんよりもね」

「少しリチャードと話をさせてくれないか。日本語はどのくらい話せるんだ？」

「挨拶程度ね」

「それじゃ、ブロークン・イングリッシュで話すか」

堀内は娘にそう言い、リチャード・ハミルトンを庭に連れ出した。奈穂の彼氏は百九十センチ前後あった。

「きみは、わたしの娘と本気でつき合ってるのか？」

堀内はリチャードを見上げ、片言の英語で問いかけた。

「もちろんです。東洋の女性は男に尽くしてくれます。サムライになったような気分で、とっても快適なんですよ。だから、ぼくは奈穂のことをずっと離したくない」

「きみは、娘のことを真剣に愛してるわけじゃないようだな。リチャード君は、まず自分にとってのメリットを挙げた」

「どこが悪いんです？」

「誰かに命懸けで惚れたら、まず相手に何をしてあげたいか挙げるもんだよ。しかし、きみは真っ先に奈穂が都合のいい存在であることを口にした。そのことで、きみの愛情の度合が測れるな」

「西洋人は発想がドライかもしれませんけど、ぼくが奈穂を大切な女性と考えてることは嘘じゃありません」

「それなら、きみは経済的に自立しないとね。交際相手を当てにして生きてる男には恋愛する資格はないよ」

「ぼくは奈穂に先に言い寄られたんです。経済的に自立できてない彼氏を支えてくれるのは当然でしょ。彼女にとって、ぼくは大きな張りになってるわけですから」

リチャードがもどかしげに言い返した。色白の顔は紅潮していた。

「そういう考え方がおかしいんだ。まともな日本男児なら、決してそんなことは言わないぞ」

「ぼくはアメリカ人です。日本人の男とは恋愛観が違ってても、不思議じゃないでしょう！」

「それはそうだがね。とにかく、わたしは娘が将来、きみと結婚することには反対だな」

「結婚は当事者の二人が決めるもんです。ぼくらは、もう婚約してるんだ。あなたがどうしても反対だというなら、それなりの詫びをしてほしいな」

「金を出せば、奈穂と手を切ってくれるんだね？」

「手切れ金をそれなりに出してもらえば、奈穂から遠ざかってもいいよ。おたくは金持ちらしいから、どーんと弾んでもらいたいな」

「やっぱり、ただのヒモ男だったか」

堀内はリチャードの本性を知って、安堵と失望を同時に味わった。自分の愛娘が戯れの相手に選ばれたことは、もちろん腹立たしかった。

奈穂は深く傷つくにちがいない。しかし、リチャードとずるずると同棲していたら、もっと辛く悲しい思いをさせられるのではないか。勢いで国際結婚などしたら、さらに悲惨な目に遭うことになるだろう。

「どのくらい出してくれる？」

「日本円で、二千万くれてやろう」

「たったのそれっぽっちか。それなら、奈穂とすぐに結婚して、あんたを殺し屋に始末させたほうがいいな。あんたが死んだら、まとまった遺産はひとり娘の奈穂が相続する。そうなれば、おれは何もしないで贅沢な生活ができるってもんだ。奈穂がぶつくさ言うようだったら、彼女を葬ってもいい」

「おまえのようなろくでなしに、なぜ奈穂は夢中になってしまったんだろうか」

「おれはマスクがいいし、ベッドテクニックもあるからね。たいがいの女は、おれにのめり込むさ」

「きさまをぶん殴ってやりたいよ」

「殴りたきゃ、殴ればいいさ。その代わり、あんたを半殺しにしてやる。本気だぜ」

リチャードがうそぶいた。

「わたしをあんまり軽く見るなよ。日本のやくざの親分たちを何人も知ってるんだ。その気になれば、おまえをコンクリート詰めにして海の底に沈めることもできるんだ

ぞ。しかし、娘が好きになった奴をそこまでやるのは、ちょっとな」

「日本円で、一億円で手を打とうじゃないか」

「いい気になるなっ。おまえがそう出てくるなら、ここに怖い連中を呼ぶぞ」

「五千万でいいよ」

「ふざけるな。大きく譲ったとしても、三千万が限度だ」

「金は、いつ貰える？」

「おまえがニューヨークに戻ったことが確認できたら、指定口座に三千万円の手切れ金を振り込んでやるよ。ただし、また奈穂のアパートメントに転がり込んだら、金は一円も出さないぞ」

「おれを泊めてくれる女はニューヨークだけでも百人はいる」

「軽薄な男だっ。夕方、奈穂が風呂に入ってる間にでも、ここから出ていってくれ。ホテルの宿泊費は面倒見てやる」

「ついでに、帰りの航空券も買ってくれないか」

「いいだろう。その代わり、家を出ていくまで奈穂には何も言うな。手切れ金のことを娘に喋ったら、約束は守らないぞ。そして、おまえを殺し屋に消してもらうからな」

堀内はリチャードを威し、テラスから居間に入った。すると、奈穂が声をかけてきた。

「リチャードと何を話してたの？」

「おまえたち二人の将来のことさ」

「それじゃ、わたしたちの仲を認めてくれたのね」

「うん、まあ」

堀内は言い繕って、リビングソファにどっかりと坐った。

3

無駄骨を折ってしまった。

須賀たち二人は、新宿署の刑事課にいた。松浦の事件の捜査は進んでいない。新たな手がかりは得られなかった。

「また寄らせてもらうかもしれません」

須賀は顔見知りの刑事課長に言って、応接ソファから立ち上がった。すぐに相棒の理恵も腰を浮かせる。

二人は刑事課を出て、来客用の駐車場に回った。午後四時を回っていた。覆面パトカーのスカイラインに乗り込む。須賀は運転席に坐った。

「正攻法でいこう」

「はあ？」

「『日進ファイナンス』の橋爪社長をしばらく尾行する気だったが、ストレートに揺さぶって、相手の反応を見ることにしよう」

「ああ、そういうことですか。わたしも、そのほうがいいと思います」

理恵が同調した。

須賀は車を走らせはじめた。新宿署は青梅街道に面している。右折して新宿大ガードを潜り、靖国通りを進む。

新宿五丁目東交差点を越えて、八千代銀行本店の手前を左に折れる。七、八十メートル先に『日進ファイナンス』の自社ビルがあった。八階建ての細長いビルだった。外壁は白っぽい磁器タイル張りだ。

須賀はビルの真ん前にスカイラインを停めた。出入口を塞ぐ形だった。

すぐにビルのエントランスロビーから、組員風の若い男が飛び出してきた。防犯カメラのモニターを観ていたのだろう。

「おっさん、車を移動させな。玄関前に車を停められたら、うちの会社のお客さんが通れねえじゃないか」

「ずいぶん威勢がいいな。しかし、そんなふうに肩をそびやかしてるのはチンピラの証拠だ。矢部組の準構成員なんだろうな」

「てめえ、何者なんでえ？」

「警察だよ」

須賀は車を降り、相手に警察手帳を見せた。

そのとたん、相手が低姿勢になった。

「本庁の旦那でしたか。どうも失礼しました」

「橋爪社長は社内にいるな？」

「ええ、最上階の社長室におります。失礼ですが、ご用件は？」

「ただの聞き込みよ」

助手席から降りた理恵が、柄の悪い男に言った。

「おたくも刑事さんなの⁉」

「そうよ。女優とでも思った？　冗談よ」

「いや、マブいっすよ。並の女優よりも綺麗だし、ナイスバディだね」

「気取った発音だったけど、あんた、横文字でナイスバディって書ける？　無理そうね。いかにも頭悪そうだもの」

「それは言い過ぎでしょ？」

相手が表情を強張らせた。理恵は意に介さなかった。

「お邪魔するぞ」

須賀は男に言って、相棒と『日進ファイナンス』に足を踏み入れた。エレベーターで、最上階の八階に上がる。

理恵が社長室のドアをノックしかけたときだった。ドアが内側に吸い込まれ、橋爪恒平が現われた。

「内線電話で警視庁の方たちがお見えになられたという連絡があったもので、お迎えに出るつもりだったんですよ。わたくしが社長の橋爪でございます」

「組対四課の須賀です。相棒は三雲といいます」

「てっきり捜二の方だと思ってましたが、四課の方でしたか。ここで立ち話もなんですから、どうぞお入りください」

「そうさせてもらいます」

須賀たちは社長室に入り、応接ソファに並んで腰かけた。

橋爪が少し迷ってから、理恵の前に坐った。紳士風で、とても関東義誠会矢部組の組長代行には見えない。巨大商社の部長でも通りそうだ。

「コーヒーでもいかがです？」

「お気遣(づか)いなく……」

「わかりました。うちの会社は数年前から法定金利をしっかり守ってますので、警察に睨(にら)まれることはないと思うのですがね」

「金利はともかく、取り立て(キリトリ)はだいぶ厳しいようだな。歌舞伎町の『アポロン』ってホストクラブで、回収係の二人の社員を見かけましたよ。確か牧村と馬場って名だったな」

「店内で悪ふざけをして刑事さんに叱(しか)られたという話は、牧村から聞きました。それでわたし、不作法をした二人に意見しておきました」

「オーナーの二階堂さんは迷惑そうだったな」

須賀は言った。

「そうですか。今後は、営業中の店に社員たちを行かせないようにします。もうご存じでしょうが、うちの組長(オヤジ)の矢部邦夫は認知症で、約四百五十人の組員を束(たば)ねられなくなってしまったんですよ」

「そうなんだってね」

「それで当分、わたしが組長代行をやらせてもらうことになったのです。矢部の組長(オヤジ)と同じように遣り繰り(シノギ)をしていかなければなりません。社員たちに焦(こ)げつきを出すなとくどく言ってましたので、牧村たちはつい度の過ぎた回収をしてしまったんでしょう。すべて社長の責任です。今後、二階堂さんには穏(おだ)やかに返済要求をさせます」

「投資顧問会社『サンライズ・トレーディング』にも三億円ほど融資してましたよね？」

「ええ。ですが、明石社長には全額返済していただきました。一週間ほど前でしたか

ね」

「その明石が本庁の捜二に逮捕されたことは、もう知ってるんでしょ？」

「そのことは共通の知人から教えてもらいました。知人の話によると、明石社長はドバイの石油採掘権を取得したという虚偽の話を餌にして、中高年の投資家から約五十七億円も騙し取ったそうですね」

「そうなんだろう。明石は知り合いに、借りた金の返済を滞らせてるんで何か悪事の片棒を担がされそうだとぼやいてたらしいんですよ」

「おそらく明石社長は、うちのほかに闇金から運転資金を借り入れてたんでしょう。関西から進出してきた闇金業者は、えげつないことを平気でやりますからね。小口の債務者でも金利分を半年でも溜めると、妻や娘を雄琴あたりのソープランドに売り飛ばしてるようですよ。債務者の家族に男性しかいなかった場合は角膜や腎臓を売らされてるという話です。関東のやくざ者は、そこまではやりません」

　橋爪が言って、英国煙草のダンヒルをくわえた。

「こちらの調べだと、『サンライズ・トレーディング』はおたく以外の金融業者からは借金してないんですよ」

　須賀は鎌をかけた。

「おそらく明石社長は、会社の者たちには内緒で個人名義で運転資金を借りたんでし

ょう。そういうことはよくあるんですよ」

「その場合は、自宅の土地や建物を担保に入れるんでしょ？」

「いや、一千万や二千万円なら、担保物件がなくても貸し出す業者はいますよ。その代わり、会社をそっくり乗っ取られることが多いですけどね」

橋爪が滑らかに答えた。うろたえているようには見えなかった。空とぼけているのだろうか。

「明石は個人的に危ない金融業者から運転資金を借りたのかな」

「多分、そうなんでしょう。奥さんにも内緒でね。明石社長は借金をチャラにしてやるとか何とか言われて、投資詐欺を闇金業者に強いられたんでしょう。関西の極道は容赦がないですからね」

「だとしても、うなずけないな。仮に明石がおっかない金融業者から五千万か一億の運転資金を借りてたとしても、とうてい返済できない額じゃないでしょ？」

「それはどうですかね。明石社長はうちの会社から、すでに三億円借りてたんです。そのほかに別の業者から五千万か一億の融資を受けてたら、金利分だけで月に数百万円になります。黒字経営でなければ、とうてい元金までは返済できませんよ」

「そうか」

「さっきも言いましたが、関西の経済やくざは債務者を非情に追い込むんですよ。明

石社長は脅しに屈して、投資詐欺をやってしまったんでしょう」

「そうだとしても、一つだけ疑問があるな」

「それは、どんなことです？」

「明石本人から直に『日進ファイナンス』の負債はきれいにしたと聞きましたが、取り戻した借用証は燃やしてしまったと言ってたんですよ」

「明石社長は運転資金をうちから借りたことを社員や出資者に知られたくなかったんで、借用証を焼却したんじゃないですか。それだけのことだったんだと思いますよ」

「これは可能性があるというだけの話なんですが、明石が借金を棒引きにしてもらったとも考えられますでしょ？」

「暗にわたしが明石社長に投資詐欺をやらせたとおっしゃってるんですね。そんなふうに疑われても仕方ありませんが、明石社長には債務を一括返済してもらいました。その証拠をお見せしましょう」

「ぜひ見たいな」

須賀は応じた。

橋爪がソファから立ち上がった。執務机の横にある大型金庫に歩み寄り、何か書類を取り出した。

席に戻った橋爪社長は会社の出納帳と取引銀行の預金通帳を手にしていた。須賀

は促されて、両方をチェックした。明石は間違いなく借金を完済していた。

「これで、疑問点は消えたでしょう？」

「一応ね。しかし、これだけでは橋爪さんが明石に投資詐欺を強要しなかったとは断定できない」

「疑い深い方だな。結構ですよ、わたしのことを徹底的にお調べになっても」

「そうさせてもらいます。ところで、関東義誠会を破門された東郷、里中、沖の三人とは面識があったんでしょ？」

「三人の顔は知ってましたが、まともに話したことはありません。まだ下っ端でしたからね、彼らは」

「先夜、三人が平和島の倉庫ビル内で毒殺されたことはご存じでしょ？」

「ええ、マスコミ報道で知りました。連中は何か犯行を踏んだんですか？」

「一連の現金集配車襲撃事件の主犯格としてマークしてたんですよ」

「嘘でしょ⁉　三人とも、まだチンピラだったんです。約百二十億の売上金を強奪できるとは思えません」

「三人は単なる実行犯だったんでしょ？　首謀者がいるはずです」

「あっ、もしかしたら……」

橋爪が膝を打った。すかさず理恵が口を開いた。

「何か思い当たることがあったみたいね？」

「ええ、ちょっと。関東義誠会の理事のひとりから聞いた話なんですが、破門された三人が日垣会長宅に日参して許しを乞うてたらしいんですよ」

「それで、どうなったんです？」

「日垣会長が東郷たち三人の破門を取り消したという伝達はありませんから、連中の願いは叶わなかったんでしょう。しかし……」

「何です？」

「警察の方たちもおわかりでしょうが、うちの日垣会長はなかなかの策士なんです。破門した元組員を何かで使えると考えても不思議ではありません」

「つまり、日垣会長が東郷、里中、沖の三人を唆して、一連の売上金強奪事件をやらせた可能性があるってこと？」

「ええ、まあ。断言できるだけの材料はありませんが、日垣会長は目的のためには手段を選ばない主義です。そういう人間ですから、先代の会長を病死に見せかけて日垣の親分が殺害したんじゃないかって噂がいまも理事の間で囁かれてるんですよ」

「橋爪社長は、日垣会長があまり好きじゃないみたいね？」

「そんなことはありませんよ。関東義誠会の勢力をここまで伸ばしたのは、武闘派の日垣会長の功績です。ただ、穏健派の理事たちを腰抜け扱いするのはちょっと問題で

すけどね」

「社長はいわゆるインテリやくざだから、昔風の武闘派やくざとは波長が合わないんでしょう」

「日垣会長の負けん気の強さは大事だと思います。しかし、腕ずくで勢力を拡大する時代ではありません。現に成長してる組織は堅気と同じビジネスに励んで、もっと表稼業に精を出して。アウトローは共存共栄を図るべきですよ、頭で儲けてます。ベンチャー企業に出資したり、自ら新しい事業の経営に乗り出してね。インターネットの普及で、社会は大きく変わったんです」

「これからは、経済やくざが暗黒街を支配するようになるってわけ？」

「そうなるでしょうね」

　橋爪が大きくうなずいた。須賀は理恵を手で制し、橋爪に顔を向けた。

「日垣会長と『サンライズ・トレーディング』の明石社長は一面識もないんだろうか」

「いや、箱根のゴルフ場で偶然に一緒になったことがあります。そのとき、わたしは明石社長とコースを回ってたんですよ。それで、クラブハウスにいた日垣会長に明石社長を紹介したんです。その後、二人が交友を深めてたかどうかはわかりませんが、面識があることは確かですよ」

「そう」

「案外、日垣会長が明石社長に投資詐欺をやらせたのかもしれないな。なにしろ会長は金銭欲が強いからな。そういえば、一度、日垣会長に『サンライズ・トレーディング』にいくら貸してるんだと電話で訊かれたことがありました」

「それは、いつのことなんです？」

「五カ月ぐらい前でした」

「そうですか」

「日垣会長が私腹を肥（こ）やす目的で東郷たち三人に巨額の売上金を現金集配車ごと強奪させて、明石社長に投資詐欺をやらせたんだとしたら、わたしはもう従（つ）いていけません」

「矢部組を脱（ぬ）けて、足を洗うつもりですか？」

「もう堅気にはなれないでしょうね。自分で言うのも変ですが、わたしには多少の商才があります。ですので、御三家のどこでも金庫番として雇ってもらえるでしょう。世話になった矢部の組長（オヤジ）は認知症がひどくなって、わたしが誰かもわからなくなってしまったんです」

「そんなに進んでるのか」

「ええ、そうなんですよ。矢部の親分は侠気（おとこぎ）のある粋（いき）な渡世人だったんですがね。組長（オヤジ）がそうなったんじゃ、もう関東義誠会に残りたいとも考えてません。場合によっ

ては別の組織に移ることになるでしょう」

橋爪が腕を組んだ。

須賀はそれを汐に引き揚げることにした。理恵と社長室を出て、エレベーターで階下に降りる。

覆面パトカーの運転席に坐ったとき、死んだ弟の娘の未果から電話がかかってきた。

「明日、わたしの誕生日だってこと、伯父さん、ちゃんと憶えててくれた？」

「もちろん、忘れてないさ。明日で未果も満十三歳だな。お祝い、何がいい？」

「スウォッチがいいな」

「それは若者に人気があるスイス製の低価格の腕時計だったよな？」

「うん、そう。プラスチック製のファッション時計よ。バンドの色はレモンイエローがいいな」

「わかった」

「母さんが手造りのバースディケーキと料理を作ってくれると言ってるの。伯父さん、何も食べないで、わたしんちに来てね。時間は午後七時ごろはどうかな？」

「仕事の都合で少し遅れるかもしれないが、必ず顔を出すよ」

「それじゃ、明日ね！」

「オーケー」

須賀は通話を切り上げた。

「姪っ子さんからの電話だったみたいですね」

助手席で理恵が確かめた。

「そう。明日、未果の十三回目の誕生日なんだ。死んだ弟に姪の成長ぶりを見せてやりたかったよ」

「残念ですね。アメリカほどではないけど、日本も拳銃が多く出回ってるから、流れ弾に当たったり、誤射される市民が後を絶たないのでしょうね」

「ピストルを持ってるヤー公どもを取っ捕まえて、両手首を鉈で切断してやりたい気持ちだよ。そうすれば、誰も拳銃の引き金を絞れなくなるからな」

「先輩の気持ち、よくわかります。それはそうと、『日進ファイナンス』の心証はどうでしょう?」

「灰色だな。橋爪は明石の投資詐欺にはまったく関与してないという口ぶりだったが、ミスリードを狙ってる疑いも拭えない」

「ええ、確かにね。橋爪社長は関東義誠会の日垣会長が一連の売上金強奪事件と投資詐欺事件の首謀者の可能性もあると匂わせてましたが、わたしも何か作為を感じました。ただ、橋爪が推測したこともあり得るかもしれないとも思いましたけどね」

「確かに可能性はゼロじゃないよな」

須賀はスカイラインのエンジンを唸らせた。

その数秒後、山根課長から電話がかかってきた。

「緊急連絡だ。投資詐欺容疑で捜二に逮捕られた『サンライズ・トレーディング』の明石社長が取り調べの合間に留置場の独房で首吊り自殺をした」

「えっ⁉」

「数十分前の出来事だ。明石は自分のトランクスを嚙み千切って、紐をこしらえたみてえなんだよ。それを鉄格子に引っ掛けて……」

「明石は投資詐欺で約五十七億円を出資者たちから騙し取ったことを自供したんですか？」

「それは全面自供したらしいな。明石は自分ひとりで犯行を踏んだと繰り返して、共犯者も黒幕もいないと強調してたそうだよ。けどな、肝心の金のありかは喋らなかったそうだ」

「明石は投資詐欺を強要した奴が自分の妻子に何か仕返しをするかもしれないと考え、核心部分は吐かなかったんでしょう」

「おれも、そう筋を読んだんだ。だから、明石はてめえで自分の口を永久に封じちまったんだろう。ばかな野郎だ。いったん三雲とこっちに戻ってきてくれや」

「了解！」

須賀は電話を切り、相棒に明石が自死したことを語りはじめた。

4

話は弾まなかった。

自宅の食堂は重苦しい空気に支配されている。堀内は黙々と箸を使っていた。

ダイニングテーブルの向こう側には、奈穂とリチャードが坐っている。並ぶ形だ。

午後七時過ぎだった。食卓には、馴染みの割烹から特別に仕出ししてもらった日本料理が並べられている。

一人前三万五千円のコース料理だ。伊勢海老や黒鮑の刺身は新鮮で、量も多かった。

「リチャード君がハービー・ハンコックやビル・エヴァンスを凌ぐジャズピアニストになれるといいね」

堀内は作り笑いを浮かべて、娘に語りかけた。

「そこまでは無理かもしれないけど、リチャードなら、マッコイ・タイナーの足許に及ぶところまではいけると思うの」

「マッコイ・タイナーといったら、ハービー・ハンコックとほぼ同格のジャズピアニストじゃないか」

「あら、父さん、意外にジャズに精しいのね」

「学生のころ、ジャズ喫茶によく通ったんだ。ジョン・コルトレーン、チャーリー・パーカー、マイルス・デイビス、アルバート・アイラーがお気に入りだったんだよ」

「ビートルズ一辺倒だと思ってたわ」

　奈穂が言って、かたわらのリチャードに英語で話しかけた。一流のジャズピアニストをめざしてほしいと語っている。

　リチャードはむっつりと押し黙り、ろくに返事もしない。奈穂が訝しみ、父親に早口の日本語で問いかけてきた。

「父さん、彼と何かあったの？　昼間、二人で庭に出てから、リチャードはずっと不機嫌なのよ」

「何もありゃしない。長いフライトだったんで、リチャード君は疲れてるんだろう」

「そうなのかな」

「今夜は二人とも早く寝むといい」

「うん、そうする。わたしの部屋のベッドはシングルだから、リチャードと一緒にゲストルームで寝るわ。かまわないでしょ？」

「好きにしなさい。食事が終わったら、先に風呂に入ってくれないか。リチャード君と今後のことで話があるんだ」

堀内は言った。奈穂が何か問いたげな表情になったが、言葉は発しなかった。怪しまれているのか。

コース料理をあらかた平らげると、娘は浴室に向かった。

堀内は数分経ってから、英語でリチャードに話しかけた。

「夕食前に同じ区内にある東都ホテルに予約を入れといた。客室数は百室に満たないが、伝統のある一流ホテルだよ。娘が入浴中にここを出て、ホテルに移ってくれないか」

「そのホテルまでの道順を教えてくれよ」

「表通りでタクシーを拾って、ホテルの名を告げれば、連れてってくれるだろう」

「宿泊代とタクシー代を貰いたいね」

リチャードが催促した。堀内は、予め用意しておいた三十万円入りの封筒をリチャードに手渡した。

「帰りの航空チケットは明日、ホテルの部屋に届けよう。帰国するまで、娘には一切連絡を取るな。もし電話で奈穂に居所を教えたら、手切れ金は払わないぞ」

「わかってるって。おれの銀行口座のナンバーを教えておく」

「それは明日、ホテルで教えてもらうよ。早く家から出ていってくれないか」

「いま出て行くよ」

リチャードが捨て台詞を吐き、食堂からリビングに移った。彼のキャリーケースは居間にあった。

堀内は椅子から立ち上がり、リチャードが辞去するのを見届けた。リチャードは奈穂には未練の欠片もないらしく、足早に遠ざかっていった。

堀内は居間のソファに落ち着き、葉煙草に火を点けた。

ふた口ほど喫いつけたとき、脈絡もなく亡妻の姿子の顔が頭に浮かんだ。検事から弁護士になったきっかけは、職場で閑職に追いやられたことだった。

しかし、それだけが転身の理由だったわけではない。どうしても巨額の手術費用の都合がつかなくて、姿子にアメリカで心臓移植手術を受けさせてやれなかった。拡張型心筋症患者も心臓移植さえすれば、健康を取り戻すことができる。

経済的な理由で、かけがえのない妻を見殺しにしてしまった。その事実は、夫として何よりも辛い。

自分が金持ちなら、姿子は死なずに済んだだろう。娘の奈穂は母親に体質が似ていて、あまり丈夫ではない。姿子と同じように心臓疾患に苦しめられるかもしれないという強迫観念がどうしても消えなかった。

堀内はたったひとりの家族である奈穂のため、富裕層の仲間入りをしたかった。貧しさが寿命を縮めたり、夢を奪うことはあまりにも哀しい。理不尽でもある。

それだから、奈穂には自由に生きさせてきた。贅沢もさせ、海外遊学も認めた。

その結果、娘はいったい何を得たのか。女にだらしのなさそうな金髪青年のカモにされただけなのではないか。そう考えると、親としては情けなかったし、虚しくもあった。

子育てに失敗したという気持ちも萎まない。奈穂を甘やかしすぎたのか。

だから、娘の自立心は培われなかったのではないか。地に足をつけた生き方をしていないから、リチャードのような中身のない男に引っかかってしまったのだろう。

もちろん、子供の人格は尊重しなければならない。しかし、わが子が不幸な選択をしかけているときはアドバイスをすべきだろう。それが親の務めだ。愛情でもある。

堀内はシガリロの火を消すと、ソファから立ち上がった。飾り棚に歩み寄り、古いアルバムを抜き出した。

最初の頁には、婚礼写真が貼られている。新郎も新婦も初々しい。死んだ妻は、まだ娘らしさを留めている。堀内自身も溌剌としていた。

新婚時代のスナップ写真はどれもほほえましい。奈穂が生まれてからは、彼女の写真が多くなった。行事があるたびに、堀内はカメラやビデオカメラのレンズをひとり娘に向けた。

検察庁の官舎をバックに撮った家族写真を懐かしく眺めているうちに、不覚にも堀

内は涙ぐんでしまった。その当時は正義感に燃えていた。あのころの情熱はどこに行ってしまったのか。

人間は何かを得たら、何かを失うものだ。先人たちが言い遺(のこ)した通りなのだろう。それにしても、失ったものが大きすぎる気もする。ただの気の迷いなのか、五十男の感傷なのだろうか。

アルバムを棚に戻したとき、居間に奈穂が駆け込んできた。ガウン姿だった。化粧を落とした素顔は、まだ瑞々(みずみず)しい。

「リチャードがいないけど、散歩にでも出たの？」

「彼は、ひとりでアメリカに帰るそうだ」

堀内は後ろめたさを覚えながら、ひと息に言った。

「えっ、どうして急に⁉」

「リチャードは奈穂を幸せにする自信がないらしい」

「父さん、彼に何か説教したのね。そうなんでしょ？」

「わたしは、みすみす娘が不幸になるのを見たくないんだよ」

「リチャードが定職に就(つ)いてないからって、将来性がないと極(き)めつけるのは早計だわ。すべてのアーティストやクリエーターは不遇時代のハングリー精神を発条(ばね)にして、大きく飛躍してるのよ。いつか彼だって……」

「リチャードは本気で奈穂に惚れていないな」

「彼がそう言ったの？」

「はっきりと口に出したわけじゃないが、父さんにはわかったんだ。あの男は女にたかって生きてることを恥じてもいない。本質的にヒモなんだよ」

「父さんがリチャードを追い出したのねっ。彼は今夜、どこかホテルに泊まるんでしよ？」

「奈穂、目を覚ますんだ。リチャードは容姿に恵まれているが、人間としての魅力は何もない。きつい言い方をすれば、男の屑だな」

「そんな言い方をしないで。リチャードは少し悪党ぶってるけど、心根はとっても優しいの」

「奈穂の心眼は曇ってるんだ」

「父さんは、リチャードに会ったばかりなのよ。いったい彼の何がわかるって言うの！」

「五十年以上生きてきたんだ。少しは人間を観察する力は備わってるさ」

「父さんは、世間の尺度でしかリチャードを見てないのよ。彼は無職で、夢追い人よね。だからといって、それで人生の落伍者と判断するのは思い上がってるわ」

奈穂が息巻いた。

「別に人生の落伍者とは言ってないよ」

「そういう言い方はしなかったけど、リチャードにまるでいいとこはないと言いたげだったわ」

「実際、長所はなさそうだね」

「元検事の弁護士だからって、偉そうなことを言わないでよ。リチャードのいるホテルを教えてちょうだい！」

「どうする気なんだ？」

「彼と一緒にニューヨークに戻るわ。もう仕送りはしてくれなくてもいい。リチャードと二人で働けば、なんとか暮らしていけるだろうから」

「奈穂、もっと冷静になりなさい」

「わたしは冷静よ。興奮してるのは、父さんのほうじゃないのっ」

「こんなことは言うつもりじゃなかったんだが、リチャードは奈穂を利用してるだけだ。そのことをはっきりと感じ取れたから、彼とは別れたほうがいいと言ってるんだよ」

「リチャードには、わたしのほかにつき合ってる女性がいるの？」

「それはわからない。しかし、あの男は奈穂と適当につき合って、いずれ背を向ける気なんだと確信したよ」

「まさかリチャードは手切れ金をくれれば、わたしと別れてもいいと言ったわけじゃ

ないわよね？」

「そこまでは堕落してなかったよ」

さすがに堀内も事実は明かせなかった。リチャードが三千万円の手切れ金に目が眩(くら)んだと知ったら、娘は絶望的な気持ちになるだろう。最悪の場合、発作的に死を選ぶ気になるかもしれない。

「リチャードは場合によっては、わたしと別れてもいいと言ったわけね？」

「うん、まあ。彼は、このわたしが煙(けむ)たいんだろう。それどころか、嫌いなんだと思うよ。だから、この先ずっとつき合うことになるのはうっとうしいと感じたようだ」

「恋愛は人と人の結びつきよ。相手の家族が苦手でも、それで破局するとしたら、二人の愛情はその程度のものだったんだわ。リチャードはわたしのことを誰よりも大切に思っていると何遍(なんべん)も言ってくれた。そんな彼がわたしを裏切るわけないわ。父さんはリチャードに何か脅しをかけたんじゃないの」

「脅しだって⁉」

「そう。ニューヨークでも、日本の週刊誌は手に入る。父さんは政財界人の汚職事件の弁護だけじゃなく、裏社会の親分たちの法律相談にも乗ってたのね」

「わたしは、どんな依頼人も公平に扱ってるだけさ。生い立(おいた)ちにハンディのあるアウトローたちを心情的に支援したいという思いはあるが、法は破ってない」

「マスコミは、〝闇社会の救世主〟というレッテルを貼ってるみたいよ」

「そのことは知ってる。マスコミは人間の一面だけを見て、レッテルを貼りたがるもんさ。センセーショナルな話題を提供してないと、ビジネスにならないからな」

「そんなことはどうでもいいけど、父さんは大親分たちとも親交があるとリチャードに凄んだんじゃない？　だから、彼は怯えて、わたしと別れてもいいと言ったんじゃないのかな」

「リチャードは、もっと強かな奴さ」

「彼の居所を教えてちょうだい！」

「教えたら、あいつと一緒にアメリカに戻って、わたしとは縁を切る気でいるんだろう？」

「結果的には、そうなるかもしれないわね」

「そんなことは困る。奈穂はたったひとりの子供なんだから」

「とにかく、リチャードのいるホテルを教えてよ」

「それは駄目だ」

「もういいわ。都内のホテルに一軒ずつ電話をかけて、彼の居所を突きとめるから」

　奈穂が言って、居間を走り出た。すぐに階段を駆け上がる音が響いてきた。

　堀内は肩を竦め、リビングソファにへたり込んだ。全身の力が抜けたようで、なん

とも心許ない。

　堀内は葉煙草(シガリロ)をたてつづけに二本喫(す)ってから、奥の仏間に移動した。仏壇の前に胡坐(あぐら)をかき、亡妻の遺影を見つめる。死者に悩みを打ち明けても、どうにもならない。それでも堀内は、姿子の写真に語りかけた。自問自答に近かった。

　リチャードが三千万円の手切れ金と引き換えに、奈穂を諦(あきら)めると約束したことを話すべきなのか。その事実は娘をひどく傷つけることになるだろうが、リチャードに対する恋情は一気に冷めるはずだ。

　しかし、そうすることはあまりにも惨(むご)い。それに手切れ金の話を先に持ち出したのは自分だった。そのことを奈穂に知られたくない気持ちも強い。

　奈穂は子供のころから、人一倍、我(が)が強かった。感情がこじれれば、本気で親子の縁を切りかねない。そうなったら、張りがなくなってしまう。

　といって、娘とリチャードの仲を認めたら、結果は目に見えている。いつか奈穂はリチャードに棄(す)てられ、投げ遣(や)りになるにちがいない。そんな姿は見たくなかった。

　堂々巡りをしていると、玄関ホールで足音がした。堀内は立ち上がって、仏間の前の廊下に出た。

　コートを小脇に抱えた奈穂が狐色(きつねいろ)のロングブーツを履(は)いていた。ツィードのスーツ姿だ。

「彼のいるホテルがわかったのか？」

堀内は娘に大声で問いかけた。

だが、奈穂は答えなかった。慌ただしくポーチに出ていった。

「勝手にしろ！」

堀内は腹立ち紛れに吐き捨て、ふたたび居間のソファに坐り込んだ。

何かをしていないと、いたずらに心が波立つ。堀内は趣味の模型の帆船作りに励む気になった。収納棚からキット一式を取り出し、設計図の上に部品を一つずつ並べはじめた。床に坐り込んで、作業に取りかかった。

それから間もなく、インターフォンが鳴った。モニター付きの受話器は各室に設置されている。

堀内はペルシャ絨毯の上から立ち上がり、壁掛け型の受話器を取り上げた。モニターに映っているのは、東京弁護士会の後藤会長だった。

来年度の新司法試験の出題内容を〝司法試験考査委員〟のひとりから探り出してくれたのだろう。堀内は弾む声で応対した。

「わざわざ拙宅にお越しいただいて、大変恐縮です。お電話いただけましたら、先生のオフィスかご自宅に出向きましたのに」

「ちょっとお邪魔したいんだが……」

「どうぞお入りになってください。まだ門扉（もんぴ）の内錠は掛けていませんので、ポーチまでお進みください」

「それでは失礼するよ」

　後藤の声が熄（や）んだ。

　堀内は受話器をフックに戻し、急いで居間を出た。サンダルを突っかけ、ポーチに飛び出す。夜気（やき）は尖（とが）っていた。首筋が寒い。

　黒いウールコートに身を包んだ大物弁護士が白い息を吐きながら、アプローチを踏みしめていた。表情が硬い。脅しに屈（くっ）したからか。

「寒かったでしょう？　先生、どうぞお入りください」

「いや、玄関先で結構だ。噂通りの豪邸だね。たいした羽振りじゃないか」

「まだローンが残ってるんですよ」

「そんなわけないだろ？　この邸（やしき）は即金で購入したって噂だぞ」

「先生に嘘はつけませんね。とにかく、家の中にお入りください」

　堀内は大物弁護士の肩に手を掛けた。すると、後藤が細い肩を振った。堀内は何か悪い予感を覚えた。

「ポーチで結構だ。話はすぐ済むんでね。明日、要を出頭させることにした」

「えっ、息子さんを出頭させるということは……」

「きみの脅迫には屈しないってことだよ。息子の将来は暗いものになるだろうが、わたしは法曹界の人間だ。家族のスキャンダルを暴かれることを恐れて、理不尽な圧力に負けたら、後で悔やむことになるからね。息子を説得するのに少し時間がかかってしまったが、そういう結論に達した」

「先生、再考していただけないでしょうか。このままでは、わたし、まずい立場になってしまうんですよ」

「闇社会の首領を怒らせることになるのかもしれないが、自業自得だな。ミイラ取りがミイラになってしまったんだよ」

「わたしを軽蔑してもかまいません。ですから、息子さんを出頭させるのは思い留まっていただけないでしょうか。ドラッグ遊びなんて、たいした罪じゃありません。別に他人に迷惑をかけてるわけではありませんからね」

「いまのきみは、法律家として失格だな。楽に大金を得ることばかり考えているうちに、魂まで腐ってしまったんだろう。息子が出頭したら、わたしは廃業する」

「そこまでなさらなくても……」

「法律家として、けじめをつけたいんだ」

「先生は、わたしを刑事告訴するおつもりなんですね？」

「安心したまえ。きみのことは、本気で蔑んでる。そんな相手と同じ土俵に立つ気に

もならんよ」

後藤弁護士が厭味を込めて言い、ポーチの石段を駆け下(お)りた。そのまま門の外に走り出た。

堀内はパニックに陥(おちい)りそうになった。日垣会長がわが子の後押(あとお)しを断念するわけはない。どうすればいいのか。

堀内はめまいに襲われ、半開きの玄関ドアに取り縋(すが)った。

第四章　怪しい強欲な首領

1

亡骸は北枕に安置されていた。

代々木一丁目にある明石宅の一階の和室だ。須賀は焼香し、故人を弔った。

家の主が独居房で自殺した翌日の午後五時過ぎだ。

明石の死顔は穏やかだった。検視官と警察医に自殺と断定され、行政解剖はされなかった。つまり、変死扱いはされなかったわけだ。

須賀は未亡人の美郷に型通りの挨拶をした。亡夫の枕許に正坐した美郷は、黙って頭を下げただけだった。

泣き腫らした目が痛々しい。三十五歳のはずだが、もっと老けて見える。心労のせいだろう。須賀は香炉台から離れた。相棒の理恵が焼香し、死者に両手を合わせた。

「明石が自殺するほど悩んでいるようには見えなかったんですけどね」

未亡人がか細い声で言いながら、白布で故人の顔を覆った。

「捜査二課の捜査員から聞いたでしょうが、亡くなられた明石さんはドバイの石油採掘権を取得したという話を餌にして、全国の投資家から約五十七億円も騙し取ってたんですよ」

「ええ、その話は二課の立花という刑事さんからうかがいました。夫は詐欺の事実を取調室で認めたそうですが、わたしにはどうしても信じられません。確かに明石には山っ気がありましたけど、詐欺を働くような人間ではありませんので」

「奥さん、ご主人が『日進ファイナンス』から三億円ほど会社の運転資金を借りてたことはご存じだったんでしょうか？」

須賀は訊いた。

「その話も立花さんから教えてもらうまで知りませんでした。結婚当初から明石は仕事に関することは、わたしに何も話してくれなかったんです」

「そうなんですか」

「それでも毎月、充分すぎるほどの生活費を手渡されていましたので、てっきり『サンライズ・トレーディング』の経営は安定しているんだと……」

「そう思ってしまうでしょうね」

「小四のひとり息子にサーキット用のレーシングカーを買い与えたりしてましたので、

まさか暴力団の息のかかった金融業者に三億円もの借金があるとは思ってもみませんでした」

「ということは、『日進ファイナンス』の社員が自宅に取り立てに来るようなことはなかったんですね？」

「はい、そういうことは一度もありませんでした」

　美郷がハンカチで目頭を軽く押さえた。

「その三億円は一週間以上も前に完済されてたんですよ」

「ええ、そうらしいですね。会社の経営が急にうまくいくようになったとは考えにくいですから、やっぱり明石は投資詐欺をやってたんでしょう」

「ご主人が何者かに投資詐欺を強要された可能性もあるんです」

　須賀は、ホストクラブのオーナーの二階堂の証言に触れた。

「二階堂さんには一度お目にかかったことがあります。夫は二階堂さんには気を許しているようでした。明石が二階堂さんにそう洩らしていたのなら、誰かに投資詐欺を強いられたのかもしれませんね。刑事さん、『日進ファイナンス』が怪しいんではありませんか？」

「怪しいことは怪しいですね。しかし、それを裏付けるものがないんですよ。ご主人に裏社会の人間が接触したことは？」

「関東義誠会の日垣とかいう会長が明石に十億円出資するから、ネット広告会社を共同経営しないかという話を持ちかけてきたことがありました。あっ、そういえば、『日進ファイナンス』は関東義誠会矢部組の企業舎弟（フロント）だそうですね」

「ええ、そうなんです」

「日垣という会長が共同経営の話を断られたので、『日進ファイナンス』の借金のことを持ち出したんではないのかしら？　もしかしたら、明石は借金を棒引きにしてやると日垣会長に言われたんじゃないでしょうか」

「それでも、ご主人は共同経営の誘いには乗らなかった？」

「ええ。それで日垣会長は怒って、『日進ファイナンス』に厳しい取り立てをさせた。でも、明石は期限までに返済できなかった。そんなことで、返済日を延ばしてもらいたくて、日垣会長に言われるままに投資詐欺事件を起こしてしまったのではないんでしょうか」

「そうだったとしたら、日垣と『日進ファイナンス』が結託して、ご主人を追い込んだことになるな」

「おそらく、そうだったんでしょう。自分に投資詐欺を強（し）いたのが闇社会の大物たちだったの、明石はその人たちのことを警察に話せなかったんでしょう。話したら、自分だけではなく、わたしや息子にも危害を加えられるかもしれないと考え、不本意な

がらも死を選ぶほかなかったのでしょうね」

「奥さんの推測は、おおむね正しいのかもしれません。ただ、それだけの理由で明石さんは自殺する気になったんでしょうか。実はわたしも、最初はご主人が仕返しを恐れて事件の背景を隠したのではないかと推測したんですよ。しかし、そういう理由では自ら死を選んだりしないのではないかと考えるようになったんです」

「ほかに考えられる理由って、何なんでしょう？」

　未亡人が須賀を直視した。

「明石さんは投資詐欺を働いたことは恥じていたんでしょうが、出資者から騙し取った金で『日進ファイナンス』の債務をきれいにしたんではないのかな。その事実をあなたや息子さんに知られたくなかったので、背後関係を明かさずにこの世から消えようと考えたのかもしれません。投資詐欺を唆した謎の首謀者が逮捕されなければ、事件の真相は解明されませんからね」

「夫は、自分の名誉を汚したくなくて……」

「わたしは、そんな気がしてきたんですよ」

「名誉も大事だけど、命は一つしかないのに。明石は自分勝手です。わたしや息子を遺して、自分だけ楽になったりして」

「女手ひとつで子供を育て上げるのは大変でしょうが、人生、悪いことばかりじゃな

いと思います。お取り込み中に押しかけて、すみませんでした。ご協力に感謝します」

須賀は美郷に謝意を表し、理恵に目配せした。

二人は静かに立ち上がり、和室から出た。未亡人に見送られ、明石宅を後にする。

覆面パトカーは少し離れた路上に駐めてあった。

「そっちに喋らせるチャンスを与えないで悪かったな」

須賀は歩きながら、相棒に詫びた。

「いいえ、気にしないでください。関東義誠会の日垣会長が明石淳一にネット広告会社の共同経営を持ちかけていたという話は新事実ですね。日垣が明石に投資詐欺を強要して、出資者から集めた巨額の大半を横奪りしたんでしょうか？」

「まだ何とも言えないな」

「『日進ファイナンス』の橋爪社長は、東郷たち三人が日垣会長に許しを乞いに行ったと言ってましたよね。会長が一連の売上金強奪事件の絵図を画いて、明石には投資詐欺をやらせたんじゃないかしら？　先輩が使ってた情報屋の松浦はそのことを嗅ぎつけて、日垣から口止め料をせしめようとしたんじゃないですか。そう考えれば、話が繋がってくるでしょ？」

「予断は禁物だな。おれを渋谷駅の近くで落として、そっちは会社に戻ってくれ。おれは姪の誕生日プレゼントを買って、義妹のマンションに行く」

「了解です」

理恵がスカイラインに走り寄り、運転席に入った。少し遅れて、須賀は助手席に坐った。

覆面パトカーが走りはじめた。十四、五分で渋谷に着いた。須賀は南口のバスターミナルのそばで車を降り、デパートでスウォッチを買った。

東急東横線の各駅停車に乗り、三つ目の祐天寺駅で下車する。須賀は駅前の果物店でマスクメロンを買い、義妹と姪の住む賃貸マンションに向かった。

訪問先に着いたのは午後七時六分前だった。

エレベーターで六階に上がり、六〇一号室のインターフォンを鳴らす。すぐに姪の未果が姿を見せた。

須賀はダイニングキッチンにいた義妹の霞に挨拶してから、奥に進んだ。間取りは2LDKだった。須賀は姪に誕生日祝いを手渡してから、和室にある弟の仏壇にマスクメロンを供えた。

遺影の敏は笑っていた。幼かった未果が近くで、おどけていたのかもしれない。透明な笑顔だった。

須賀は線香を手向け、目を閉じて合掌した。ひとりでも暴力団員を減らすことを胸底で故人に誓う。

瞼(まぶた)を開けると、すぐ横に霞が坐っていた。正坐だった。

「また散財(さんざい)させてしまって、申し訳ありません」

「どうってことないさ」

「だいぶ前から未果、スウォッチを欲しがってたんです。大喜びしています」

「それはよかった」

「ケーキと料理を作ったんです。食べてみてください」

「ご馳走(ちそう)になるよ」

須賀は立ち上がって、居間に移った。コーヒーテーブルがあった場所に座卓が並べられ、散らし寿司、鶏肉の唐揚げ、海老フライ、海鮮(かいせん)サラダ、バースディケーキが用意されていた。シャンパンとスパークリングワインの壜(びん)も置かれている。

「伯父さん、サンキューね。似合うでしょ？」

未果が嬉しそうにプレゼントした腕時計を見せびらかす。白い肌にレモンイエロー色のバンドが映えている。

「カッコいいよ」

「母さんのプレゼントは五千円の図書券だったの。真面目すぎると思わない？　わたし、『嵐』のＣＤアルバムが欲しかったんだけどな」

「今度、おれが買ってやるよ」

「お義兄(にい)さん、あんまり未果を甘やかさないでください。さ、どうぞお好きな場所にお坐りになって」

霞が床のジャンボクッションを手で示した。坐り心地がよさそうだ。

須賀は姪と並んで腰を落とした。義妹が未果の前に坐り、三つのシャンパングラスを満たした。

「まだ中学生だけどさ、きょうはシャンパンをちょっぴり飲んじゃう。伯父さん、わたしを補導しないでよね」

「酔っぱらって絡(から)んだら、即(そく)、逮捕するぞ」

「もう少し気の利いたジョークを言って」

姪が笑いながら、注文をつけた。須賀は目を細めて、成長した姪を眺めた。

三人はシャンパンで乾杯し、料理を食べはじめた。義妹の手料理はどれもうまかった。

「伯父さん、わたしの父親になってよ」

未果がケーキを食べながら、唐突(とうとつ)に言った。

「え？」

「母さんと結婚してってことよ」

「何を言い出すの⁉」

義妹が声を裏返らせた。須賀も少し慌(あわ)てた。霞は嫌いなタイプではなかったが、異性として意識したことはなかった。

「おっかしい！　二人ともちょっと焦(あせ)ってたね。冗談、冗談よ」

姪が笑い転げた。

須賀は未果の頭を殴る真似をした。義妹がさりげなく話題を変える。三人はいつものように誤射された敏の思い出話に耽(ふけ)った。話し込んでいるうちに、九時を回っていた。

「すっかりご馳走になっちゃったな」

須賀は立ち上がった。すると、未果が言った。

「わたしも一緒に部屋を出る。すぐそこのコンビニで買いたいものがあるの」

「しかし、もう九時過ぎだぞ」

「このマンションの数軒先だから、別にどうってことないわよ」

「すぐ部屋に戻れよ」

須賀は姪に言い、一緒にエレベーターで一階のエントランスロビーに降りた。

「コンビニに行くと言ったのは嘘なんだ。わたし、伯父さんに聞いてほしいことがあったの」

「好きな男の子でもできたか？」

「そんなんじゃないって。母さんのことよ。須賀霞さんには交際してる男性がいるの」
「ほんとなのか⁉」
「うん。会社の上司で、奥さんは数年前に病死したらしいわ。だから、別に母さんは不倫してるんじゃない。でもさ、わたしとしては社会人になるまで、母さんに再婚してほしくない気持ちなの。伯父さんが相手なら、文句はないんだけどね。だけど、母さんはその上司にのめり込んでるみたいだから、それは無理でしょ？」

未果が言った。

「おれにどうしてほしいんだ？」
「母さんが数年のうちに再婚したいと考えてるのかどうか、伯父さんにそれとなく探りを入れてほしいの。気が重いだろうけど、お願い！」
「わかったよ。近いうちに霞さんにさりげなく訊いてみよう。さ、もう部屋に戻れ」

須賀は姪がエレベーターの中に入ってから、マンションの外に出た。

そのとき、焦って暗がりに駆け込む人影があった。

須賀は目を凝らした。矢部組の牧村だった。先夜、ホストクラブ『アポロン』で客の女性に淫らなことをしていた二人組の片割れだ。

須賀はわざと祐天寺駅とは逆方向に歩きだした。

案の定、牧村が尾けてくる。須賀は五、六メートル進み、路地に折れた。路上駐車

中のライトバンの陰に身を潜め、息を殺す。

待つほどもなく牧村が路地に走り入ってきた。須賀は路上の真ん中に躍り出た。

「おれをどこから尾行してた?」

「尾行なんかしてねえよ。この近くに知り合いが住んでるんだ」

牧村が喋りながら、逃げる素振りを見せた。

須賀は組みつき、牧村の利き腕を捩上げた。牧村が痛みを訴えながら、しゃがみ込む。

「ヤー公のくせに、女みたいな声を出すんだな」

須賀はせせら笑って、牧村の前に回り込んだ。相手の頬を強く挟みつけ、顎の関節を外す。

牧村が路上で、のたうち回りはじめた。喉の奥で唸るだけだ。もがくたびに、口の端から涎が垂れる。

須賀は屈み込んで、親指の腹で牧村の両方の眼球を強く圧迫した。牧村が体を左右に振ってから、四肢をばたつかせた。

「しばらく寝転がってダンスをしてろ」

須賀は言い放って、煙草をくわえた。一服し終えたとき、牧村が右手の掌でアスファルトの路面を数度叩いた。

「ギブアップか」

須賀は膝頭で牧村の腹部を押さえ込み、手早く顎の関節を元に戻してやった。

牧村がどっと息を吐いた。手の甲で口許を拭う。

「社長の橋爪に命じられて、捜査状況を探ってたのか？」

「………」

牧村は返事をしなかった。

須賀は腰から伸縮式の特殊警棒を取り出し、スイッチボタンを押した。先端部分が牧村の眉間を直撃する。牧村が長く呻いた。

「おまえらは法を無視してるんだから、こっちも違法行為をさせてもらうぞ」

須賀は特殊警棒の先で、牧村の額を幾度も突いた。

「もうやめてくれーっ。おれは日垣会長に頼まれて、おたくらの動きを探ってたんだよ」

「なぜ日垣が、こっちの動きを気にしてるんだ？」

「そこまではわからねえよ。おれは会長に言われたことを……」

「二度とおれを尾けるな。おれを甘く見てると、暴発を装って撃くぞ」

「わ、わかったよ。だから、今回は見逃してくれねえか」

牧村が哀願口調で言った。須賀は牧村の側頭部を蹴りつけ、路地から出た。

　表通りまで歩き、タクシーを拾う。品川区大崎にある自宅マンションに着いたのは、二十数分後だった。

　間取りは1LDKだ。ファクシミリ付きの固定電話に留守録音メッセージが入っていた。元妻の深雪からの伝言だった。何か頼みごとがあるらしい。

　須賀は上着を脱ぎ、深雪に電話をかけた。ツーコールで、電話は繋がった。

「元気か？」

「ええ、なんとかね。実は、先月一杯で勤めてた事務機器販売会社を辞めたのよ。それでね、来週から上野にある貴金属販売会社の経理部で働くことになったの」

「そうか」

「現金を扱う仕事なんで、二名の保証人が必要らしいのよ。国立の実家の兄にはもう保証人になってもらったんだけど、もう一名足りないの。厚かましいお願いなんだけど、保証人になってもらえないかな」

「ああ、いいよ。書類をここに郵送してくれ。署名捺印して、きみのところに送り返す」

「ありがとう。恩に着るわ。それじゃ、そうさせてもらうわね」

「わかった」

「霞さんや未果ちゃんは変わりない？」

「ああ。きょうは姪の十三回目の誕生日だったんだよ。それで未果にささやかなプレ

ゼントを渡して、たったいま塒に戻ってきたとこなんだ」

「そうだったの。余計なことかもしれないけど、未果ちゃんはあなたをすごく慕ってるんだから、いっそ霞さんと再婚したら？」

深雪が言った。

「それはできない」

「誰か好きな女性ができたの？」

「いや、そんな女はいないよ」

「それじゃ、なぜなの？　あなた、霞さんのことを想ってるんでしょ？」

「また、その話か。いい加減にしてくれ。彼女は単なる義妹だよ。特別な感情なんか懐いてない。それにな、霞さんには交際してる男がいるらしいんだ」

「あら、そうなの。わたし、早まったことをしてしまったみたいね」

「疲れてるんだ」

須賀は一方的に電話を切って、天井を仰いだ。別れた元妻が頼ってくれば、それに応えてやる気持ちはあった。しかし、復縁する気はさらさらなかった。

2

案内されたのは奥座敷だった。

個室である。銀座六丁目にある高級割烹店だ。堀内は中年の仲居に礼を言って、靴を脱いだ。

東京弁護士会の後藤会長が自宅を訪れた翌日の午後七時過ぎである。奥座敷には、関東義誠会の日垣会長がいるはずだ。

堀内は気が重かった。後藤の息子の要が所轄署に出頭したことを知ったのは、正午過ぎだった。父親が会長職を辞して、弁護士を廃業したのは二時間後だ。

堀内は深呼吸した。名乗ってから、襖を開ける。座卓の向こうに胡坐をかいた日垣がにこやかに笑って、片手を挙げた。

「先生から会いたいと電話を貰ったのは夕方だったんで、築地の料亭を予約できなかったんだ。ま、ここで勘弁してください。さ、坐って坐って」

「失礼します」

堀内は日垣と向かい合った。

「酒と料理は後にしましょう。まずは朗報から……」

「会長、申し訳ありません」

「えっ⁉　頼んだ件、駄目だったの？」

日垣が早口で確かめた。堀内は一拍置いてから、大物弁護士が脅しに屈しなかったことを伝えた。

「なんてこった」

「力不足です、わたしの」

「まさか先生、それで済ます気じゃないやね。おれは恥を忍んで、来年度の新司法試験の出題内容を探ってほしいとお願いしたんですよ。おれはろくでなしだけどさ、これでも人の親なんだ。何年も司法浪人やってる倅を不憫に思うのは人情でしょうが？」

「そのことはよくわかりますよ。わたしにも、娘がいますので」

「だったら、こっちの気持ちはわかるでしょ？　後藤弁護士の協力を得られなかったら、次の手を打ってよ。法務官僚の誰かを金と女で抱き込んで、〝司法試験考査委員〟をやってる法学者に接近させるとかさ」

「しかし……」

「堀内先生、われわれは兄弟分みたいなもんでしょうが？　先生は堅気だけどね。けど、やってることは筋者とあまり変わらない。先生は遣り手の弁護士だけど、こっち側の人間なんですよ。義理や人情は大事にしてもらわないとな」

日垣が鋭い目で威嚇した。捨て身で生きてきた武闘派やくざの迫力に圧倒され、思わず堀内は目を逸らしてしまった。

「抱き込めそうな法務省のキャリアはいるでしょうが。誰か心当たりは？」

「残念ながら、いません」

「先生、わかってないね。おれを敵に回したら、あんたは身の破滅だよ。こっちは先生の弱点をいろいろ知ってるんだからさ。手が後ろに回ったら、困るでしょ？」

「それは困ります」

「だったら、こっちの願いをなんとか叶えてほしいな。よし、成功報酬は三億にしよう。それなら、文句ないでしょう？」

「謝礼の額の問題じゃないんですよ。会長の期待に添えそうもありません」

「おれは、世の中に受け入れてもらえない半端者の味方をしてくれてる堀内先生が好きなんだよ。弟分とも思ってる。そんな先生をさ、変死させるようなことはしたくないな」

「場合によっては、このわたしを抹殺すると……」

「最悪の場合は、そうなるだろうね」

日垣が冷然と言った。

たちまち堀内は竦み上がった。とりあえず、日垣に機嫌を直してもらわなければな

らない。

「別の手段を何か考えてみますよ。少し時間をくれませんか」

「やっぱり、堀内先生は頼りになるね」

「日垣会長には何かと世話になってきたから、できるだけのことはしませんとね」

「いまの言葉、涙が出るほどありがたいな」

日垣の表情が和らいだ。

堀内は、ひと安心した。同時に、内心では軽蔑している日垣の前でつい卑屈になってしまう己れを嫌悪していた。自分は元特捜部検事だ。あまりにも情けない。といって、日垣と縁を切る勇気もなかった。後が怕い。

やはり、殺されたくはなかった。せめて娘の奈穂が嫁ぐ日までは生きていたい。

その娘は明け方、帰宅した。奈穂は堀内とまったく言葉を交わそうとしなかったが、リチャードの宿泊先を突きとめた様子はうかがえなかった。娘は都内のホテルを片端から訪ね歩き、疲れ果てて家路についたにちがいない。

それほどリチャードに対する想いは強いのだろう。奈穂の一途さに絆され、堀内は一瞬、リチャードの居場所を口走りそうになった。だが、すぐに思い留まった。

娘が心を奪われた金髪青年は、まるで誠実さがない。少なくとも、彼が奈穂を特別な女性と考えていないことは明白だ。やはり、二人の仲を引き裂くべきだろう。

「例の件、よろしく頼むね」

「は、はい」

「実は堀内先生に、もう一つ頼みたいことがあるんだ」

日垣がかたわらに置いた黒革の鞄から、数十通の預金通帳を取り出した。どれもメガバンクのものだった。銀行印が添えられている。

「他人名義の預金通帳みたいですね？」

「そうなんだ。これを全部、しばらく先生に預かってほしいんですよ」

「ちょっと拝見します」

堀内は預金通帳の束と銀行印を受け取った。口座の名義人は一通ずつ異なっている。銀行口座屋から買い集めたものだろう。

どの口座にも、『サンライズ・トレーディング』から二億円前後が振り込まれている。預金総額は約四十億円だった。『サンライズ・トレーディング』の明石という社長は警視庁捜査二課に投資詐欺容疑で逮捕され、先日、留置場の独居房で首吊り自殺を遂げた。

堀内は明石社長と一面識もなかった。しかし、日垣が明石にネット広告会社の共同経営を持ちかけたことは聞いて知っていた。その際、明石が関東義誠会の企業舎弟『日進ファイナンス』から三億円ほどの運転資金を借り、返済が遅れがちだという話も聞

かされていた。

日垣会長は共同経営の誘いに乗らなかった明石を脅し、投資詐欺を強いたのだろうか。新聞報道によると、『サンライズ・トレーディング』は全国の投資家たちから約五十七億円のファンドマネーを集めたようだ。そのうちの十七億円は明石の分け前だったのか。

「他人名義になってるが、おれの個人預金なんですよ。だけど、表に出せない金なんで、自宅にも会本部にも置いておけないんだ。先生、何も訊かずに預かってくれないか」

「総額で四十億となると、大金も大金ですね」

「別に現金を預かるわけじゃないから、特に問題はないでしょ？　税務Gメンに他人名義の通帳を見られると、ちょっと厄介なことになる。堀内先生には絶対に迷惑をかけないから、預かってもらいたいんだ」

「わかりました」

堀内は、預金通帳の束と銀行印を自分の革鞄の中に収めた。

日垣が手を叩いて、仲居を呼んだ。そして、酒と料理を運ぶよう指示した。

酒と山海の珍味が卓上に並んだ。二人は酒を酌み交わしながら、舌鼓を打った。

酔いが回ったころ、日垣が唐突に奈穂のことを話題にした。

「先生のお嬢、アメリカから戻ってるんだってね」

「えっ」

「そんなにびっくりしないでよ。堀内先生は大事なお方だから、若い者に白金のお宅を時々、見回らせてるんだ。先生に恨みを持つ奴がうろついてたら、こっちも落ち着いてられなくなるからね。広尾の彼女のマンションも様子を見るように言ってあるんですよ」

「会長、そこまで心配してくれなくても……」

「警戒しないでほしいな。別段、堀内先生のプライベートな弱みを探らせてるわけじゃない」

「そんなふうには思っていませんが、そこまで迷惑をかけるのは心苦しいですからね」

「やくざ者がご自宅や愛人宅の周りをうろついてたら、隣近所の目が気になるやね。わかりました。若い者にガードを控えるよう言っておきましょう。それはそうと、お嬢、イケメンの金髪男と一緒に帰国されたみたいだね」

「奈穂のボーイフレンドですよ。リチャード・ハミルトンという名で、娘よりも一つ年下なんです」

「お嬢は、その彼氏と結婚する気でいるんでしょ？　だから、ニューヨークから一緒に……」

「リチャードはジャズピアニスト志望らしいんですが、定職に就いてないんですよ」

「ヒモっぽい奴なのか」

「そんな印象を受けました。だから、きのう、娘が入浴中にリチャードを家から追い出して、同じ港区内のシティホテルにチェックインさせたんですよ」

「お嬢、怒ったでしょ？」

「ええ、かなりね。わたしがリチャードの宿泊先を教えなかったんで、奈穂はあちこちのホテルに電話をかけまくって、さらに自分で彼氏を捜しに行ったようです」

「で、見つけられたのかな」

「いいえ。明け方、疲れた様子で帰宅しました」

「困ったね。男女同権の世の中だけど、女の人生はつき合う相手によって大きく左右される。おれがこんなことを言うのも妙だが、ヒモみたいな野郎は駄目だね。女を不幸にするだけですよ」

「わたしも、そう思います」

「先生、そのブロンド野郎をお嬢から引き離したほうがいいな。相手がなかなか諦めないようだったら、うちの若い者にちょっと脅しをかけさせましょう」

「リチャードには奈穂のことは諦めろと引導を渡しました」

「あっさり諦めたの？」

「少し手切れ金を渡すつもりです」

「太い野郎だね。手切れ金を貰うのは昔から、女のほうと相場が決まってる。先生、金なんか払うことありませんよ。部屋住みの若い者にリチャードって奴を始末させましょう」

「日垣会長、どうかご心配なく。リチャードの件は、わたしが片をつけますので」

堀内は言って、盃を口に運んだ。

店を出たのは八時四十分ごろだった。日垣は店の前で、待機していたベンツに乗り込んだ。ベンツの後方には覆面パトカーが張り込んでいた。オフブラックのスカイラインだ。運転席の男には見憶えがあった。

警視庁組織犯罪対策部第四課の須賀亮介警部だった。助手席には美しい女性が腰かけている。相棒だろう。

堀内は五年前、捜査二課に所属していた須賀が汚職容疑で逮捕した東京都の副知事の弁護を引き受け、裁判で無罪にさせていた。副知事が大手ゼネコンと癒着して、公共事業の入札に便宜を図り、五千万円の謝礼を受け取っていたことは事実だった。

しかし、堀内は卑劣な手段を使って、贈賄側に偽証をさせた。その結果、副知事は刑罰を科せられなかった。

敏腕刑事の須賀は、堀内の裏工作を看破した。だが、それを立証することはできな

かった。堀内は判決が下(くだ)った日、裁判所の前で須賀に面罵(めんば)された。まともには取り合わなかったが、須賀の犯罪に挑む姿勢に胸を打たれた記憶がある。彼の悔(くや)しさも痛いほど伝わってきた。

　堀内は検事時代に似たような体験を味わっていた。それだけに、須賀の無念がよくわかった。

　四年前の夏、彼の実弟がやくざに誤射されたことは知っていた。須賀が暴力団関係者を目の敵(かたき)にしているという話も人伝(ひとづ)てに聞いている。

　関東義誠会をはじめ幾(いく)つかの広域暴力団の顧問弁護士を務(つと)めている自分は、おそらく彼に敵視されているだろう。しかし、堀内自身は須賀警部に対して悪感情は持っていない。

　それどころか、彼の正義感を清々(すがすが)しく思っている。気高(けだか)さも羨(うらや)ましく感じていた。五年前の汚職事件で須賀に失点を与えてしまったことで後ろめたい気持ちもある。できることなら、何らかの形で償いたい。

　スカイラインが日垣を乗せたベンツを追尾(ついび)しはじめた。

　須賀が日垣会長をマークしていることは間違いない。日垣は、どんなことで追われているのか。『サンライズ・トレーディング』の明石社長に投資詐欺を強要した容疑ならば、本庁捜査二課の刑事が動くはずだ。

組織犯罪対策部第四課の須賀警部が日垣会長を内偵しているのは、やくざ者が絡む殺人か傷害事件だろう。

先夜、関東義誠会を破門された三人の元組員が平和島の倉庫ビル内で毒殺された。須賀は、その事件を追っていると思われる。毒を盛られた三人は、日垣会長に葬られたのだろうか。

殺された三人は大型スーパー、ディスカウントショップ、パチンコ店から売上金を現金集配車ごと強奪したと疑われている。被害総額は、およそ百二十億円だ。まだ若い三人の元組員がそれほど大きな事件を引き起こせるとは思えない。

一連の凶行の首謀者は日垣会長なのだろうか。欲の深い日垣が計画を練って、三人の元組員を実行犯にしたのか。その見返りとして破門を白紙に戻し、準幹部にすると約束していたのかもしれない。

しかし、それは単なる口約束にすぎなかった。日垣は初めから頃合を計って、三人の実行犯を手下の者に殺害させるつもりでいたのか。

あるいは、一連の事件の黒幕が日垣であることを誰かに嗅ぎつけられたのだろうか。それで日垣は捜査の手が自分に迫ることを懸念し、やむなく配下の者に三人の実行犯の口を封じさせたとも考えられる。

どちらにしても、須賀は日垣会長を重要参考人と目しているにちがいない。堀内は

何かと利用価値のある日垣が官憲の手に落ちたら、金銭的な損失が出ることを真っ先に考えた。できれば、それは避けたかった。

しかし、逆に日垣が逮捕されることを望む気持ちも頭をもたげてきた。日垣が捕まれば、来年度の新司法試験の出題内容を探り出す必要はなくなる。

五年前に失点を負わせた須賀に手柄を立ててほしいという思いもあった。そうなれば、少しは昔の埋め合わせができるのではないか。

堀内はそこまで考え、自分の狡さに気がついた。

自分が傷つくことなく、過去の償いをするとは虫がよすぎる。須賀の手柄を失点にしてしまった罪は重い。自らが傷ついてこそ、相手に初めて許しを乞うことができるのではないだろうか。

それが償いの最低条件だろう。そう思いながらも、堀内は具体的にどう須賀に謝罪するかまでは考えなかった。

日垣会長の存在は、だいぶ前から疎ましく感じていた。会長と縁が切れても、それほど惜しくはない。しかし、いまの暮らしを捨てたくないという気持ちもあった。

堀内は優柔不断な自分に呆れながら、舗道の端に立った。

数分待つと、タクシーの空車が通りかかった。堀内はタクシーに乗り込み、白金の自宅に戻った。娘のことが気がかりで、明日香のマンションに行く気になれなかった

のだ。

自宅の電灯は点いていた。どうやら奈穂は自分の部屋に引き籠っているらしく、ひっそりと静まり返っている。

堀内は居間のソファに深々と腰かけ、シガリロをゆったりと喫った。葉煙草の火を消していると、奈穂が音もなく居間に入ってきた。化粧っ気はなく、髪も乱れていた。険しい顔つきだった。

「ちゃんと夕飯を喰ったか?」

堀内は娘に問いかけた。

返事はなかった。奈穂は何か思い詰めた表情でリビングソファを回り込み、父親の背後にたたずんだ。

「久しぶりに肩でも叩いてくれるのか。小学生のころは、よく叩いてくれたっけな」

「………」

「まだ怒ってるのか。リチャードのことは早く忘れたほうがいい」

堀内は穏やかに言った。数秒後、首筋に尖った物が触れた。アイスピックだろう。

「リチャードはどこ? 彼は、どこにいるのっ。父さんは知ってるんでしょ!」

「わたしは知らないよ」

「嘘! リチャードの居場所を教えないと、アイスピックを父さんの首に深く突き刺

すわよ」

「奈穂、本気で言ってるのか⁉」

「本気よ。父さんの目には見込みのない男と映るんだろうけど、わたしにはリチャードが必要なの。わたし、何があっても彼と別れないわ」

「父さんは、あの男との交際には反対だ」

「そんなことどうでもいいの。早くリチャードのいるホテルを教えてよ。答える気がないんだったら、ほんとに刺すからね」

「やりなさい。父さんは奈穂を不幸にするよりも、殺されたほうがいい」

「お願いだから、リチャードの居所を教えてーっ」

「駄目だ」

「父さんなんか、大っ嫌い！」

　奈穂はアイスピックを壁に投げつけ、リビングから飛び出していった。

　リチャードを早くアメリカに帰らせないと、取り返しのつかないことが起こるのではないか。堀内は床に転がったアイスピックを見ながら、切迫した焦躁感（しょうそうかん）を覚えた。

3

防犯カメラだらけだった。

石塀の上には、鋭い忍び返しが連なっている。柿の木坂にある日垣邸だ。

須賀は邸宅街の暗がりに立っていた。日垣宅からは見えない位置だった。午後十一時を回っている。日垣は銀座の割烹店からまっすぐ帰宅した。それから一度も外出していない。来訪者もいなかった。

前夜、矢部組の牧村は日垣会長に命じられて、須賀を尾けたと吐いた。その通りだとすれば、関東義誠会の会長の動きを探る必要がある。

いったい日垣はどの事件に関与しているのか。元組員の東郷、里中、沖の三人を誰かに毒殺させたのだとしたら、一連の売上金強奪事件の首謀者は日垣が臭い。

日垣は、情報屋の松浦を手下の者にゴルフクラブで撲殺させたのだろうか。そうなら、松浦は関東義誠会の致命的な弱みをマスコミか警察にリークしかけていたのだろう。その弱みは何だったのか。

明石の妻の証言によると、日垣は『サンライズ・トレーディング』にネット広告会社の共同経営を持ちかけたが、きっぱりと断られたらしい。そのことに腹を立て、日

垣会長は明石が『日進ファイナンス』への返済を滞らせていることを責め、投資詐欺を強要したのだろうか。

いずれにしても疚しさがあるから、日垣は警察の動きが気になって仕方がなかったのではないか。そこで、傘下の矢部組の牧村に偵察するよう命令したと思われる。

銀座の高級割烹店から日垣は堀内弁護士と一緒に現われた。顧問弁護士に法網を潜り抜ける方法を教わっていたのかもしれない。

須賀は堀内弁護士の姿を見た瞬間、駆け寄って顔面にパンチを見舞いたい衝動に駆られた。五年前の怒りが蘇ったからだ。

その当時、須賀は捜査二課にいた。大物談合屋を別件で取り調べていると、当時の東京都副知事と大手ゼネコンの癒着が明らかになった。

内偵捜査を重ねた末、副知事が公共事業を大手ゼネコンに落札させせろと関係部署に根回しをしていたことがわかった。大手ゼネコンが落札直後に副知事の公邸に五千万円の謝礼を届けた証拠も押さえた。

須賀は副知事を収賄容疑で逮捕し、東京地検に送致した。地検は副知事を起訴し、ほどなく第一回の公判が開かれた。

副知事の弁護人は堀内だった。東京地検の特捜部にいた彼は、検察庁の手の内を知り尽くしている。

案の定、起訴事実はことごとく覆された。堀内弁護士が贈賄側の大手ゼネコンと共謀し、汚職の証拠を一つずつ握り潰したことは明白だった。

しかし、須賀はそのことを立証できなかった。十数回の公判の後、副知事は一審判決で無罪になった。当然、地検は控訴すると疑わなかった。ところが、予想に反して東京地検は控訴を断念した。

ヤメ検弁護士の堀内が有力国会議員を抱き込み、法務省や検察庁に圧力をかけたにちがいない。須賀は勇み足をした恰好になり、上司から強く咎められた。反論を試みたが、結果は虚しかった。

須賀は、検事時代の堀内を密かに敬っていた。叩き上げ検事ながら、外部の圧力に屈しなかった。それでこそ、法の番人だろう。だが、閑職に追いやられた堀内は別人のように影が薄くなってしまった。やがて、彼は弁護士になった。

そのとたん、とかく悪い噂のある国会議員、経済人、利権右翼、広域暴力団の親分たちが堀内の周囲に集まった。心境に変化があったようで、かつての敏腕検事は正義よりも金を選んだ。年収十億円を稼ぐのに、たいした時間はかからなかったにちがいない。

週刊誌などで、堀内に辛い過去があったことは須賀も知っていた。重い心臓疾患に

苦しんでいた妻の心臓移植手術費用を工面できなかった事実は、同情に価する。そのことで、堀内は自分の腑甲斐なさを呪ったのではないか。多分、そうなのだろう。

貧しい家庭に生まれ育った堀内が贅沢な暮らしに憧れる気持ちは理解できる。富を求めること自体は別に悪くない。

しかし、金銭欲を満たすために人間らしさを棄ててしまったら、価値が下がる。法律で生計を立てている人間ならば、最低限、刑法や民法に従うべきだろう。モラルを守れとは言わない。

堀内は生い立ちにハンディキャップのある弱者やアウトローに肩入れする気持ちが強いようだが、それは真の思い遣りだろうか。安っぽいヒューマニズムに酔っているだけなのではないのか。そう思えてならない。

堀内は一種の義賊を気取っているようだが、それは違う。金の亡者であることを認めたくないだけなのではないか。要するに、自己弁護だろう。

須賀は、堕落しきった堀内をいまは軽蔑している。五年前の憤りはまだ燃えくすぶっていた。

いつの日か、堀内の化けの皮を剝いでやりたい。手錠を打って、たっぷりと惨めな思いをさせてやりたかった。

須賀は、理恵の待つ覆面パトカーに足を向けた。スカイラインは日垣邸から七、八

軒離れた場所で待機している。

十数メートル歩くと、背後で車の停まる音がした。

須賀は立ち止まり、振り向いた。日垣邸の向こうに一台のタクシーが停車中だった。タクシーから降りたのは、同じ課の淀野厚志（よどのあつし）巡査部長だ。

淀野は三十二歳で、まだ独身である。外見は、やくざにしか見えない。

現職警官の中には、十代のころにグレていた者が何パーセントかいる。彼らは〝改心組〟と呼ばれ、暴力団係の刑事になるケースが多い。

淀野も〝改心組〟のひとりだ。少年鑑別所や少年院に送られたことはないが、中・高校生時代に十回近く補導されている。

須賀は物陰に身を潜（ひそ）めた。

淀野はタクシーが走り去ると、日垣邸の石塀の横にたたずんだ。防犯カメラからは死角になる場所だった。

淀野は路上で一服しながら、あたりを見回した。彼は情報収集と称し、首都圏の暴力団幹部たちとちょくちょく飲食を共にしていた。関東義誠会に警察情報を流しているのだろうか。

須賀は幾分、緊張した。

暴力団係の刑事は、裏社会の人間に抱き込まれやすい。捜査費はあまり遣（つか）えないが、

絶えず情報を集める必要があった。そのため、顔見知りの組員たちとしばしば飲み喰(く)いをする。官費で入れる店はせいぜい居酒屋だ。

相手が幹部クラスになると、たいがい奢(おご)り返してくる。連れていかれるのは高級クラブか、一流の鮨屋(すしや)だ。彼らも警察の動きを知りたいのである。

たかり体質の刑事は相手が用意してくれた女を抱き、車代も受け取ってしまう。そういうことが度重なると、必然的に黒い関係になる。

刑事の俸給はむろん、高くない。生活費に困ることはなくても、自腹では高級クラブには飲みにいけない。あまり高い洋服や腕時計にも手が出ないはずだ。

下心のある大幹部は、さりげなく刑事に値の張る物品を贈る。貰いっぱなしでは気が引けるから、刑事は手入れの情報をそれとなく教えることになる。そうこうしているうちに、腐れ縁になってしまうわけだ。

一般には知られていないが、元警察官のやくざは決して珍しくない。贅沢な遊びにうつつを抜かしているうちに、安い俸給で働くことがばかばかしくなってくるからだ。正確な数はわからないが、暴力団に入った元警察関係者は全国で千人近くいるのではないだろうか。

淀野が顔を背(そむ)けながら、日垣邸の前を通り抜けた。こちらにやってくる。

須賀は淀野が近づくと、物陰から出た。淀野が立ち竦(すく)んだ。すぐに彼は身構えた。

「おれだよ」

「須賀警部でしたか。ああ、びっくりした」

「おれに見られて、焦(あせ)ってるんじゃないだろうな」

「えっ」

「おまえの腕時計、ロレックスだろう?」

「これ、コピー物なんですよ」

「本物(モノホン)に見えるがな」

「須賀さん、悪い冗談はやめてください。自分、組(くみ)関係者に何かねだったことなんかありませんから」

「おまえが所属してる青木(あおき)班は、稲森(いなもり)会の傷害事件を洗ってるんじゃなかったか?」

「そうですが、自分、個人的に情報屋の松浦知章の事件(ヤマ)を調べてるんですよ。もう何年も前の話ですが、自分、松浦から裏情報を何度か買ったことがあったんです」

「松浦とは長いつき合いだったが、おまえに情報を流したって話は一度も聞いたことないな」

　須賀は言った。

「彼は須賀警部に義理立てして、複数の捜査員に裏社会の情報を売ってることを言えなかったんでしょう」

「そうなんだろうか。それはともかく、なんで淀野が日垣の家をうかがってる？」

「松浦は殺される前の日、自分に日垣会長の弱点を握ったと言ってたんですよ。具体的なことは教えてくれませんでしたけどね」

「それで、おまえは日垣が若い者に松浦を殺らせたのではないかと考えたわけか？」

「ええ、そうなんです。須賀警部が張り込んでたのだから、自分の読み筋は外れてなかったようだな」

「殺された松浦は、ほかに何か言ってなかったか？」

「ほかには何も……」

「そうか」

「日垣会長は何をやらかしたんです？」

「まだ断定はできないが、『サンライズ・トレーディング』の明石社長に投資詐欺をやらせたかもしれないんだ」

「明石って捜二に検挙られて、留置場で首を吊った奴ですよね？」

「そうだ」

「それなら、松浦は日垣のその弱みを摑んだんだと思います。しかし、自分で日垣会長をダイレクトに強請るのは危いので、第三者に揺さぶらせたんでしょうね。それで日垣はそいつを締め上げて、松浦のことを吐かせたんではありませんか？」

「そうなのかな」

「須賀さんが日垣をマークしてるんだったら、自分はもうしゃしゃり出ません。一日も早く松浦を成仏させてやってください。自分、彼とはなんとなく話が合ったんで、少し個人的に動いてみる気になっただけなんです。失礼します」

淀野が踵を返した。日垣邸の前を急ぎ足で抜け、目黒通り方面に向かった。

須賀は覆面パトカーに戻り、運転席に入った。相棒は助手席で、警察無線に耳を傾けていた。すぐに美人刑事は無線をオフにした。

「誰かと立ち話をしてたようですね」

「うちの課の淀野だよ」

須賀は経緯をつぶさに語った。

「淀野先輩が松浦から情報を入手してたなんて、わたし、まったく知りませんでした」

「おれもだよ。三雲、あいつがロレックスの腕時計を嵌めてるのに気づいてたか？」

「ええ、知ってました。淀野さんは三十六回払いで買ったと言っていましたよ」

「ふうん。淀野は、おれには紛い物の腕時計と言ったんだ」

「えっ、そうなんですか⁉　なぜ、そんな嘘をついたのかな。あれはコピー物じゃありませんよ」

「おれも、そう感じたよ」

「淀野さんは、どこかの組の幹部にロレックスを貰ったんじゃないかな。わたしも〝改心組〟のひとりだから、よくわかるんですけど、若いころにグレてた警察官（サツカン）は暴力団関係者にある種の親しみを持ってます」

「だから、連中に取り込まれやすい？」

「そう言えると思います。わたしは女だから、美人ホステスが揃った高級クラブに行きたいとは思わないけど、男だったら……」

「誘いを断れないってことだな？」

「でしょうね。十代のころに遊んでた男性刑事はもともと夜遊びが嫌いじゃないから、誘惑には弱いんだろうな」

「淀野は住川（すみかわ）会系の組員と多く飲み喰（く）いしてるようだ。二次団体の幹部からロレックスをプレゼントされ、少し捜査情報を流したのかもしれないな」

「多分、そうなんでしょうね。淀野さんはブランド物のスーツも持ってるし、お金回りもいいみたいだから。札入れには、いつも万札を四、五十枚入れてますよ」

「なら、暴力団と癒着してるんだろう」

「ええ、おそらくね。それから、松浦のために個人的に事件のことを調べてみる気になったという話もなんとなくすんなりとはうなずけません」

「どう怪しい？」

「これはわたしの勘なんですけど、もしかしたら、淀野先輩は関東義誠会の日垣会長のイヌなのかもしれませんよ」

「そうだとしたら、あいつはおれたちの動きを探（さぐ）って、日垣に報告してた可能性があるな」

「ええ、そうですね。淀野さんはまさか須賀警部が暗がりに身を潜（ひそ）めてるとは思わなかったんで、日垣の自宅の周辺を巡回してみる気になったんじゃないのかな。彼、須賀先輩を見て、どんな様子でした？」

　理恵が問いかけてきた。

「かなり驚いてたよ」

「後ろ暗そうでしたか？」

「そうは感じられなかったな。しかし、ポーカーフェイスを繕（つくろ）ったのかもしれない。二十代の前半ってわけじゃないから、とっさに空とぼけることぐらいはできるだろう」

「そうでしょうね。淀野さんは要注意人物と思ったほうがいいんじゃないのかな」

「女の直感は当たることが多いから、三雲のアドバイスは頭に入れておこう」

　須賀は言って、スカイラインを二十メートルほど前進させた。日垣邸の出入口がよく見通せるようになった。

「銀座の割烹から日垣会長と一緒に出てきた五十年配の男性（ひと）、どこかで見たような気

がするのですが……」

「ヤメ検弁護士の堀内一仁だよ」

「あの男が、裏社会で〝救世主〟とか呼ばれてる悪徳弁護士だったんですか」

「そう。堀内とは、ちょっとした因縁話があるんだ」

「差し支えなかったら、話を聞かせてくれませんか」

理恵が言った。

須賀は少し考えてから、五年前の出来事を話した。堀内が十年前に妻と死別していることも語った。

「奥さんの巨額の手術費用を用意できなかったことが負い目になってるんでしょう。それで、堀内弁護士はお金に復讐する気になったんではありませんか」

「金に復讐？」

「ええ。お金に恵まれなかったことで、人生の進路を変えざるを得なくなる場合がありますよね。たとえば医師になりたくても、学費の安い国公立大の医学部に入れるだけの学力はない。私大の医学部の学費はとても払えないとなったら、夢を諦めるほかないでしょ？」

「自治医科大なら、ほとんど金はかからないぞ。それから、防衛医科大学に進む手もある」

「でも、自治医科大を出たら、何年間か無医村や離島の診療所で働くことが義務づけられています。防衛医科大も卒業したら、自衛隊の医務官を数年やらないといけないはずですよ」

「それは仕方ないだろう。国民の税金でドクターの資格を取得させてもらうわけだから、それなりの恩返しをしないとな」

「そうなんですけど、若者の大半はそういう制約をうざいと感じるみたいですよ」

「贅沢だよ、それは」

「それはそれとして、お金がたっぷりあれば、高度な医療を受けられるでしょ？　それによって、長生きもできます」

「ああ、そうだな。しかし、金の魔力に負けて魂や誇りまで売り渡したら、人間失格だよ」

「確かにね。だけど、貧乏のどん底を味わった人たちがお金を追い求める気持ちはわかるような気がします。わたし自身は食べられないほど貧しい暮らしを味わったことはないけど、欲しい洋服や靴なんかはなかなか買えません。そんなときは、手っ取り早くお金儲けをしたいと思ったりしますもの」

「それはよくわかるよ。だからといって、金をがつがつと搔き集めるような人生は味気ないだろう？　金の力では、精神の充足感は得られないからな」

「ええ、それはね。堀内弁護士は遣い切れないほどの富を手に入れたとき、人生の選択を誤ったと悔やんだんじゃないのかな。本来はドン・キホーテみたいな熱血漢だったんでしょうから、汚れたお金に塗れていることを心のどこかで恥じてると思うんですよ」

「そうだったら、もっと自尊心を大事にしてほしいね」

「真っ当な人間なら、いつか生き直したいと思うでしょう。ちょっと生意気なことを言っちゃいました。猿も反省はするって言うから、わたしも……」

理恵が照れ笑いをし、口を閉じた。

須賀は相棒に断ってから、セブンスターをくわえた。紫煙をくゆらせ、さらに張り込みを続行する。しかし、日垣が外出する気配はうかがえなかった。来訪者も目に留まらなかった。

今夜は空振りに終わるのか。

そんな予感も生まれた。だが、須賀はすぐに張り込みを切り上げる気にはなれなかった。フロントガラス越しに、日垣邸を睨み据えた。

4

扉が左右に割れた。

堀内は函（ケージ）から出た。エレベーターホールは無人だった。東都ホテルの十階だ。間もなく午前零時になる。

堀内は廊下を進んだ。リチャード・ハミルトンは一〇〇七号室にいるだろう。堀内は今夕（こんせき）、リチャードに航空券を手渡すつもりでいた。だが、日垣会長と会わざるをえなくなり、銀座の高級割烹店に出向く羽目になってしまったのだ。

首筋には、まだアイスピックの感触が残っていた。娘が父親の首に本気でアイスピックを突き立てるとは思っていなかった。それでも、ショックは大きかった。哀（かな）しみも覚えた。

奈穂にとって、実父よりもリチャードの存在のほうが重いのだろう。当然のことなのだろうが、堀内は複雑な心境になった。

妻と死別してから、ひとり娘に愛情を注（そそ）いできた。奈穂が望むことは、すべて叶えたつもりだ。激情に駆られていたとはいえ、まさか自分がアイスピックで脅されるとは夢想だにしていなかった。

一〇〇七号室に着いた。

堀内は部屋のチャイムを鳴らした。ややあって、ドアの向こうでリチャードが誰何(すいか)した。英語だった。

堀内は英語で名乗った。

ドアが開けられた。リチャードは白いバスローブをだらしなく着込み、片手にビールの小壜(こびん)を握っていた。バドワイザーだった。

「もっと早くチケットを持ってくると思ってたぜ」

「悪かった。急に仕事のことで、銀座に出向かなければならなかったんだよ」

「そうなのか。ま、いいや。入りなよ」

「ああ」

堀内は室内に足を踏み入れ、ドアを閉めた。

奥のベッドが乱れ、床に引き裂かれた黒いガーターベルトが落ちていた。

「バスルームに女がいるのか？」

「もういないよ。時間潰(つぶ)しにホテルのバーで飲んでたら、日本人の若い女が色目を使ったんだ。で、その女を部屋に連れ込んだのさ」

「やっぱり、わたしの目に狂いはなかったな。おまえは、娘にはふさわしくない男だ」

「別にこっちが引っかけたわけじゃないぜ。バーにいた女が言い寄ってきたんだ。だ

から、おれは抱いてやったんだよ」

「ちょっとマスクがいいからって、思い上がるな」

「妬くなって。おれは女どもにモテるんだ。けど、今夜は最悪だな。部屋に連れ込んだ女はランジェリー姿になると、日本円で十万円のプレイ代をくれってぬかしやがった」

「シティホテルで客を漁ってる娼婦に引っかかったんだな」

「それはわからねえけど、おれは頭にきた。イエローマンキーの娘が白人のおれに金を要求するなんて、冗談じゃねえ。黄色人種や黒人は、おれたち白人よりもずっとランクが低いわけだからな」

「そうした偏見も思い上がりだ。白人だからって、人間として優れてるわけじゃないだろうが！」

「イエローマンキーたちはそう思いたいだろうが、アングロサクソン系の白人が最も格が上なんだよ。おれの先祖はイングランド出身なんだ」

「それがどうした？　おまえは白人の屑さ」

「言いたいことを言いやがって。ま、勘弁してやらあ。おまえら、日本人はずっと格下だからな」

「おまえはアメリカ南部の頑固な人種差別主義者と同じだ。知性や教養の欠片もない」

「うるせえ！　とにかく、おれは頭にきたんで、女を殴りつけてランジェリーをびりびりに破いてやったんだ。それで床に這わせて、後ろから突っ込んでやった。もちろん、プレイ代なんか払わなかったぜ」

「もういい、そんな話は聞きたくないっ」

「そうかい」

　リチャードが鼻先で笑って、ソファに腰かけた。

　堀内は上着のポケットから航空券を取り出し、リチャードに渡した。搭乗日時は、明日の午後だった。

「その便で帰国してくれ」

「そうするけど、ちょっと相談があるんだ」

「相談だって？」

「そう。おれ、ニューヨークでジャズクラブを経営したくなったんだよ。小さな店でいいんだけど、それでも開業資金は日本円で一億円前後は必要なんだ。奈穂とはきれいに別れてやるから、一億円出してよ」

「汚い奴だ」

「払いたくないみたいだな？」

「当たり前じゃないかっ。帰国したら、手切れ金の三千万は指定銀行に振り込んでや

る。しかし、それ以上は払わないぞ」

「あんたがそのつもりなら、死んでもらうしかないな」

「本気で言ってるのか⁉」

「もちろんさ。あんたを殺して、奈穂と結婚するよ。あんたの遺産はひとり娘が相続することになる。奈穂の財産は、おれのものさ。奈穂が金遣いが荒いとかなんとか言いやがったら、あの女も始末する」

「腐った男だ」

「どうする？　それでも、おれに一億払う気になれないか？」

「ああ、なれないね」

「それじゃ、仕方ないな」

リチャードがソファから立ち上がった。全身に殺意が漲っている。

堀内は、ひとまず部屋から逃れることにした。ドアに向かう。

だが、三メートルも進めなかった。リチャードに背後から組みつかれて、堀内は床に捩伏せられた。暴れたが、形勢は変わらない。

リチャードが馬乗りになり、両手で首を絞めてくる。

親指で気道を塞がれ、息苦しくなった。目も霞んだ。堀内はもがきながら、右手の爪でリチャードの顔面を引っ搔いた。リチャードが呻いて、上体を丸めた。

堀内は利き腕を一杯に伸ばし、リチャードの頭髪を引っ掴んだ。そのまま強く引き絞った。金髪が指に絡みつく。

リチャードが唸りながら、上体を傾げた。反撃のチャンスだ。堀内は腰全体を弾ませた。リチャードが横に転がった。

堀内は跳ね起きた。

リチャードが母国語で何か罵り、堀内の右足首をむんずと掴んだ。凄まじい力だった。このままでは、じきに引き倒されることになるだろう。

堀内は右足を踏んばり、左の脚でリチャードの首と肩口を蹴った。リチャードの右腕の力が緩んだ。

堀内は右足を強く引き、左脚でリチャードの脇腹を蹴りつけた。

靴の先が深く埋まった。リチャードが手脚を縮め、長く呻く。

ふたたび堀内は、出入口に向かう気になった。しかし、すぐに迷いが生まれた。リチャードの脇を走り抜けるとき、また組みつかれるかもしれない。

ためらっているうちに、リチャードが身を起こした。一段と殺気立っていた。

「あんたを必ずぶっ殺してやる！」

「ばかな考えは捨てろ。わたしを殺しても、おまえは幸せにはなれない。日本の警察は優秀なんだ。たとえアメリカに逃げ帰っても、国際指名手配されて、必ず逮捕され

ることになるだろう」

「おれは逃げ切ってみせる、奈穂を人質に取ってな」

「人でなしめ！　娘は、おまえに心底惚れてるんだぞ」

「こっちは奈穂に惚れてるわけじゃない。何かと都合がよかったんで、同棲してやっただけなんだ」

「おまえにはハートがないのか？　人間の血が通ってるのかっ」

「イエローマンキーが何をほざいても、おれは傷つかない。おまえらは、白人よりもあらゆる面で劣ってるんだからな。あっさり殺されるのが癪だったら、死にもの狂いでかかってきな」

「ああ、闘う」

　堀内は大声で宣戦布告した。

　しかし、自分から仕掛けることはできなかった。リチャードは大柄で、はるかに若い。まともに殴り合ったら、ぶちのめされてしまうだろう。堀内は足が竦んで動けなかった。

「どうした？　怯えてるようだな。一億円出せば、水に流してやってもいいぜ」

「脅しには屈しない」

「それじゃ、くたばんな」

リチャードがそう言い、間合いを詰めてきた。残忍そうな笑みを浮かべている。

堀内は戦き、無意識に後退しはじめた。

それほど広い部屋ではない。すぐに壁に塞かれ、逃げ場を失うことになるだろう。

なんとか切り抜けたい。堀内は一歩ずつ退がりながら、コーヒーテーブルに目をやった。大振りのクリスタルの灰皿が載っていた。得物になるだろう。

リチャードが踏み込んできて、右のロングフックを放った。拳が眼前に迫ってくる。

堀内はなんとかパンチを躱した。次の瞬間、急所を蹴られてしまった。

一瞬、気が遠くなった。視界もぼやけた。腰が砕け、ひとりでに屈み込む恰好になった。堀内は手探りで、クリスタルの灰皿を掴んだ。左手だった。

勢いよく伸び上がって、左腕を泳がせる。空気が縺れた。リチャードの骨が鈍く鳴った。灰皿はリチャードの側頭部を一撃していた。

リチャードが唸って、徐々に腰の位置を落としはじめた。

堀内は踏み込み、今度は灰皿でリチャードの前頭部を強打した。

リチャードがゆっくりと頽れた。前髪の間から幾筋か血の糸が垂れ、額に縞模様を描いた。

「大怪我したくなかったら、明日、おとなしく成田に行くんだ」

「おれは、もうあんたを殺るって決めたんだ。予定は変更しないっ」

「なら、やむを得ないな」

堀内は鮮血に染まった灰皿を振り被った。

すると、リチャードが這ってクローゼットに近づいた。扉を乱暴に開け、ハンガーに吊されたダウンパーカのポケットを探った。

掴み出したのはフォールディング・ナイフだった。来日してから、どこかで購入した折り畳み式のナイフだろう。

堀内は戦慄に取り憑かれて、思わず後ずさった。リチャードが立ち上がり、刃を起こした。刃渡りは十四、五センチだった。

「こいつで、あんたの腸を抉ってやる。ついでに、目ん玉を刳り貫いてやるか」

「殺人罪は重いぞ。人生を台なしにしてもいいのかっ」

「もう観念しな」

「冷静になれ」

「あんたは孫の顔を見ることなく、この世から消えるわけだな。奈穂は、おれのガキを中絶してる。堕胎させなかったら、あんたは孫を抱けただろう。孫がいたら、あんたはおれに偉そうなことを言ってなかったと思うよ」

「奈穂は、その子を平気で中絶したのか？」

「産みたいと何度も言ったよ。けど、おれは賛成しなかった。ガキなんかできたら、

奈穂にまとわりつかれることになる。それに半分はおれの血が入ってるわけだけど、半分はアジア人の血だからな。そんなガキは欲しくねえよ」

「なんて奴なんだっ。わたしは断固、闘うぞ。むざむざと殺されてたまるか！」

堀内はクリスタルの灰皿を持ち直した。

リチャードが口の端を歪め、大股で接近してくる。ナイフを腰撓めに構えていた。リチャードの刃が上向きになっている。堀内はコーヒーテーブルとソファの間に回り込んだ。リチャードが一気に突っかけてきても、なんとか刃先を躱せると判断したのである。

「さて、どっちに逃げるよ？」

リチャードが面白がって、左右に体を振った。

堀内はコーヒーテーブルの脚を靴底で思い切り押した。テーブルの角がリチャードの向こう脛に当たった。

リチャードが顔をしかめ、腰を沈める。

堀内は灰皿を振り下ろした。灰皿がリチャードの鎖骨のあたりに当たった。

リチャードがよろける。堀内は、リチャードの右腕を灰皿でぶっ叩いた。

フォールディング・ナイフが手から落ちることを期待していたが、それは虚しい願いだった。

「くたばれ！」

リチャードが喚いて、ナイフを水平に薙いだ。

刃風は鋭かった。切っ先は堀内の胸の数センチ前を掠めた。堀内は、ひやりとした。一瞬、心臓がすぼまった。

引き戻されたナイフは、次に斜め上段から襲ってきた。堀内はのけ反った弾みで、体のバランスを崩してしまった。

ソファに尻餅をついたとき、リチャードが左から回り込んできた。

とっさに堀内は灰皿を投げつけた。灰皿はリチャードの顎に命中した。堀内は中腰になって、両手をコーヒーテーブルに掛けた。そのまま、横に手早く滑らせる。

リチャードは仰向けに引っくり返った。堀内はコーヒーテーブルを持ち上げ、リチャードの胸部に板面を押しつけた。体重を乗せ、ぐいぐいと圧迫する。

そうしながら、堀内は片方の足でリチャードの右手首を踏みつけた。靴底に力を込めると、フォールディング・ナイフが床に零れ落ちた。

リチャードが顔を赤くしながら、コーヒーテーブルを押し上げてきた。

撥ね返される前に、堀内は頭からスライディングした。

首尾よく刃物を拾い上げることができた。立ち上がりかけたとき、堀内はリチャードにタックルされた。避ける余裕はなかった。

堀内は前のめりに倒れた。リチャードが背にのしかかってきて、左腕で堀内の喉を

圧しはじめた。右腕がすぐに伸びてくる。

　堀内は右手首を強く握られ、刃物ごと床に五、六度叩きつけられた。五指に力を入れる。右手でナイフの柄を握りつづけているうちに、リチャードが上体を少し起こした。立ち上がる気になったのか。

　堀内は体を回転させ、仰向けになった。

　リチャードが焦って、筋肉の張った両手で堀内の両方の腕を押さえつけた。そのままの状態で、彼は堀内の顔面に頭突きを浴びせてきた。

　眉間を打たれているうちに、鼻血が垂れてきた。

　リチャードが上半身を起こし、両手で堀内の右手首を摑んだ。すぐに烈しく揺さぶりはじめた。

　フォールディング・ナイフを奪い返すつもりなのだろう。堀内は力ではかなわないと考え、リチャードの右手に嚙みついた。

　リチャードが悲鳴をあげ、両手を放した。

　堀内はナイフを横に振った。威嚇の一閃だった。

　だが、相手は怯まなかった。ショートフックをたてつづけに三発、繰り出してきた。パンチは重かった。

　堀内は頰を殴られながらも、膝頭でリチャードの尾骶骨を蹴り上げた。

リチャードが凄まじい形相で、堀内の首を両手で絞めつけてくる。歯を剝いていた。堀内はリチャードの胸板にナイフの先を突きつけ、膝頭で相手の尻を蹴りまくった。リチャードが腰を浮かせた。そのすぐ後、堀内の膝頭がリチャードの睾丸をまともに直撃した。リチャードが背を丸める。

堀内はリチャードを押し除け、いったん離れようとした。

そのとき、リチャードが覆い被さってきた。堀内はリチャードを振り落とそうとした。

だが、間に合わなかった。右手に垂直に持ったナイフにリチャードの胸板がのしかかってきた。一瞬の出来事だった。刃先が心臓部を貫く感触が伝わってきた。リチャードは短く呻くと、全身を痙攣させはじめた。

「リチャード、どうした？　返事をしてくれ。死なないでくれーっ」

堀内は日本語で呼びかけた。

数分後、リチャードは動かなくなった。ひどく重たい。死んでしまったのか。

堀内は渾身の力でリチャードを押し上げ、体の上から払い落とした。すぐさま身を起こす。

リチャードの左胸には、深々とナイフが沈んでいた。堀内は、こわごわリチャードの右手首を取った。脈動は熄んでいた。

右手の中指を舐め、リチャードの高い鼻の下にやった。しかし、息は感じ取れなかった。すでに絶命していることは間違いない。堀内は冷静さを失った。

殺意は少しもなかった。殺人罪ではなく、過失致死罪である。うまくすれば、正当防衛が適用されるかもしれない。

堀内はそう考えたが、すぐに楽観的な期待を棄てた。弁護士になってからは金と引き換えに、数えきれないほど黒いものを白くしてきた。

警察だけではなく、検察庁にも悪徳弁護士のレッテルを貼られていた。昔の検事仲間の多くは、堀内が検察庁の威信や名誉を失墜させたと憤ってさえいる。

事件を表沙汰にしたら、自分は殺人容疑で起訴されることになるかもしれない。密室での出来事である。殺意はみじんもなかったと主張しても、それが聞き入れられる保証はなかった。

殺人者扱いされたら、ひとり娘の奈穂は世間から白眼視されることになるだろう。大切な家族にそんな思いをさせるわけにはいかない。それだけは避けたかった。

堀内は上着からハンカチを抓み出し、ナイフの柄を神経質に拭った。

クリスタルの灰皿に付着した自分の指紋と掌紋も拭き取る。堀内はドアのノブもハンカチで擦った。

問題はリチャードの死体だ。ホテルの従業員がアメリカ人男性の刺殺体を見つける

のは時間の問題だろう。といって、自分だけでは死体をホテルから運び出せない。誰かの手を借りなければ、とても事件の痕跡を消すことはできないだろう。堀内の頭に真っ先に浮かんだのは、関東義誠会の日垣会長の顔だった。

だが、日垣に致命的な弱みを見せたくなかった。借りを作ったら、死ぬまで腐れ縁を断ち切れなくなるだろう。差し当たっては、何がなんでも来年度の新司法試験の出題内容を探らなければならなくなる。

堀内はあれこれ迷った末、『日進ファイナンス』の橋爪社長に救いを求める気になった。インテリやくざの橋爪とは共鳴できる点も多く、気心も知れている。

堀内は上着の内ポケットからスマートフォンを取り出し、登録してある橋爪のナンバーを呼び出した。アイコンに触れると、橋爪のスマートフォンに繋がった。

「こんな夜更けにすまない。実は、橋爪社長の力を借りたいことがあるんだ」

堀内は詳しい話をした。

「先生がおっしゃったように一一〇番通報したら、殺人の嫌疑をかけられるでしょうね。わたしがリチャード・ハミルトンの死体を消しましょう」

「毛布か寝袋に遺体を入れて、こっそり部屋の外に……」

「それでは目立ってしまいます。バスルームで死体を二つか三つに切断して、キャリーケースに入れるんですよ。切断死体を硫酸クロムで骨だけにして、砕いた骨粉は水

洗トイレに流してしまいます」

「それなら、事件は発覚しないかもしれないな。ただ、問題は館内の防犯カメラだね」

「ええ、そうですね。ホテルの人間を抱き込んで、今夜の防犯カメラの映像はすべて削除させますよ」

「そんなことが可能なの？」

「どこにも、金に弱い人間は必ずひとりや二人はいるものです。そのあたりのことは、堀内先生のほうがよくご存じのはずですがね」

「一本取られたな」

「三十分かそこらで、若い者たちと一緒に東都ホテルに行きますよ。先生は一〇〇七号室で待っててください」

　橋爪が電話を切った。

　堀内は安堵の吐息をつき、スマートフォンを懐に戻した。そのとき、リチャードに渡した航空券のことが脳裏を過った。

　チケットには、自分の指紋が付いている。回収しておくべきだろう。

　堀内はソファの上から航空券を抓み上げ、上着の内ポケットに突っ込んだ。

　ソファに腰かけ、リチャードの遺体に目を向ける。突き刺さったナイフが血止めの役目を果たしているようで、ほとんど鮮血はにじんでいない。

人間の運命はわからないものだ。まさかリチャードもこんなに若くして命を落とすことになるとは夢にも思っていなかっただろう。

堀内は、人の命の儚(はかな)さを改めて思い知らされた。もう自分も五十代だ。明日、何が起こっても不思議ではない。

わが人生に悔いはないだろうか。検事時代に燃え尽きてしまったという思いがある。そのせいか、その後の生活には張りがない。

このままイージーに生きるだけでいいのか。何かをやり残しているような気もする。その一方で、人生をリセットするには少し老(お)いすぎた気もしないではない。

橋爪が二人の手下を伴(ともな)って部屋にやってきたのは、きっかり三十分後だった。二人の子分は矢部組の組員だったが、名前までは思い出せない。どちらも二十代の後半だろう。サムソナイト製のキャリーケースを引っ張っていた。

「後始末は、わたしに任せてください。先生はさりげなく部屋を出てください」

「面倒をかけるが、よろしく頼みます」

堀内は橋爪たち三人に目礼し、すぐさま出入口に歩(ほ)を運んだ。

第五章　愚かな確執の結末

1

なんとなく照れ臭かった。

須賀は義妹の霞と向かい合って、コーヒーを啜っていた。日垣宅を張り込んだ次の日の午前十一時過ぎだ。

渋谷のコーヒーショップである。霞の勤務先の近くにある店だった。須賀は登庁前に義妹を電話で呼び出したのだ。

「お義兄さんとこうして二人だけで会うのは、初めてなんじゃない？」

「そうだな」

「何か相談事でもあるんですか？」

霞が促した。

「こないだ未果から聞いたんだが、好きな男ができたようだね」

「未果ったら、そんなことをお義兄さんに話したんですか⁉」

「単刀直入に訊くよ。霞さんは、妻と死別した上司といずれ再婚する気でいるのかな。未果は、そのことが気になってるみたいなんだ」

「わたし、誰とも再婚なんかしません。夫は、亡くなった敏さんだけと心に決めてるんです。上司とは大人同士のつき合いをしています。あの世で敏さんが怒ってるかもしれませんけど、女手ひとつで子供を養うのは大変というか、とっても心細いんですよ」

「だろうね」

「だから、挫けそうになったときにさりげなく支えてくれる男性が必要だったの。亡くなった主人を裏切るようで心苦しかったんですけど、包容力のある上司にいろいろ相談に乗ってもらってるうちに心惹かれるようになってしまったんです」

「そう」

「思春期の未果には、ふしだらな母親と映るでしょうけど、別に性的な渇きを充たしたかったわけじゃないんです。精神的な突っかい棒が欲しかったの。何か特別な能力があるわけじゃないので、わたし、時々、将来のことを考えると、ものすごく不安になるんですよ。未果の大学卒業まで、ちゃんと面倒を見られるかどうかと……」

「高校や大学の入学金ぐらいは、おれが回してあげるよ」

「お金のことだけを言ってるんじゃないんです。親子といっても女同士だから、つい本音をぶつけ合っちゃうでしょ？　だから、精神的に子育てに疲れを感じてしまうことがあるんですよ。そんなとき、そばでわたしを支えてくれる男性がいると、すごく心強いんです」

「わかるよ、なんとなく」

　須賀は相槌を打って、コップの水で喉を潤した。

「お義兄さんには申し訳ないと思っています。夫に先立たれても、自分だけの力で二人も三人も子供を立派に育て上げてる女性がたくさんいるのに、早くもわたしは弱音を吐いたりして」

「霞さんを非難する気はないよ。弟が早く亡くなったわけだから、心細くなるはずさ。ただ、未果ぐらいの年頃だと、物事を潔癖に考えるから、母親にパトロンめいた男がいるとなると……」

「交際してる上司から経済的な援助はまったく受けていません。自立した男女が五分と五分の関係でつき合おうって約束したから、わたしは愛人ってわけじゃないんです」

「大人同士の恋愛をしてるんだね」

「そういうことになると思います。それでも、娘には母親が不潔に見えるんでしょうね。わたしは未果の母親だけど、ひとりの女でもあるんです。未果も大人になれば、

わかってくれると思います。だけど、いま理解しろというのは無理ですよね。だから、わたし、娘には言い訳めいたことは一切言わないようにしているんです。交際中の上司のことは一応、話してありますけどね」

「そう」

「未果は誕生日の夜、お義兄さんに〝父親〟になってほしいなんて言ってたけど、あれは遠回しにわたしに再婚なんかしないでくれと訴えたのね」

「そうだったんだろうな」

「お義兄さんは、未果に探りを入れてみてくれないかと頼まれたんでしょ？」

霞が訊いた。

「そうじゃないんだ。霞さんが上司と再婚する気でいるのかどうか、なんとなく確かめてみたくなったんだよ」

「そうなんですか。未果には、わたしからは何も言わないでおきます。弁解めいたことを言ったら、逆に関係がぎくしゃくしちゃうでしょうから」

「そのほうがいいだろうね。仕事中に呼び出して、悪かったな。もう会社に戻ったほうがいいよ」

須賀は卓上の伝票を手に取って、レジに向かった。

二人は店の前で左右に分かれた。須賀は霞の気持ちをメールで姪に伝え、地下鉄で

職場に向かった。

六階の自分の課に入ると、相棒の理恵が歩み寄ってきた。

「昨夜はお疲れさん！　空振りに終わったが、もう少し日垣をマークしてみよう」

須賀は先に口を開いた。相棒の理恵がうなずきながら、須賀の袖口を引っ張った。

「ちょっと先輩に報告しておきたいことがあるんですよ」

「そうか」

二人は廊下に出て、刑事部屋の出入口から十メートルほど離れた。向かい合う。

「張り込みを切り上げて待機寮に戻ったら、わたしの部屋に誰かが侵入した気配がうかがえたんですよ。室内に男性用のローションの残り香が漂っていました」

「部屋のドアは？」

「ちゃんとロックされていました。でも、ローションの匂いが気になったので、わたし、部屋の中を検べてみたんです。そしたら、ミニコンポの裏のコンセントに室内型盗聴器が仕掛けられてました」

「そいつは処分しちゃったのか？」

「いいえ。ビニール袋の中に入れて、わたしのバッグの中に突っ込んであります。同じローションを淀野さんが使ってるんですよね。彼なら、待機寮に入っても別に怪しまれないと思うんですよ」

「しかし、なぜ淀野がそっちの部屋に室内盗聴器なんか仕掛けなければならない？」

「淀野さんは、個人的に情報屋の松浦の事件を調べていると言ってたという話でしたよね？」

「ああ、そう言ってたな」

「淀野さんはわたしたちの動きをキャッチして、先に松浦殺しの犯人を逮捕る気でいるんじゃありません？」

「そういう気持ちになるほど淀野は松浦と親しくしてたわけじゃないと思うがな。ほかの理由があって、室内型盗聴器を仕掛けたんだろうか」

「仮に淀野さんがわたしの部屋に盗聴器を仕掛けたんだとしたら、当然、指紋や掌紋は付着してないでしょうね。いくらなんでも、そんな失敗は踏まないでしょうから」

「だろうな。しかし、念のため、室内盗聴器を鑑識に回しといてくれないか」

「はい」

理恵が先に刑事部屋に戻った。

前夜の様子では、淀野は日垣会長が松浦殺害事件に深く関与していると疑っていた。そう推測するだけの根拠もあったのだろう。それなのに、淀野は須賀たちの動きをなぜ気にするのか。その点が腑に落ちない。

須賀はそう思いながら、組対四課に引き返した。淀野は自席にいなかった。担当事

案の捜査で出かけたのだろう。

　理恵がバッグを抱えて、刑事部屋から出ていった。須賀は自分の席に足を向けた。

　着席した直後、山根課長から声がかかった。

「須賀、ちょっと来てくれねえか」

「いま行きます」

　須賀は椅子から立ち上がり、課長の席に急いだ。

「きのうの夕方、鶴見班が宮下健太ってチンピラを傷害容疑で逮捕ったんだが、そいつが東郷に頼まれて大手スーパー『リオン』の売上金強奪事件で見張りを務めたと自白ったらしいんだ」

「その宮下って奴は、どこの組員なんです？」

「半グレで、どこの盃も受けてねえ二十六歳のチンピラだよ。各組織から半端な仕事を回してもらって、なんとか喰ってるようだな。いま宮下は取調室4にいる。取調官は小笠原と石上だよ。何か新しい手がかりが得られるかもしれねえから、ちょっと宮下って奴に会ってみろや」

　山根が言った。

　須賀は指示に従い、奥の取調室4に向かった。ノックをして、大声で名乗る。

　待つほどもなく小笠原警部補が姿を見せた。スチールデスクの向こう側には、二十

代半ばの男が坐っている。被疑者の宮下健太だろう。

壁側には、石上巡査部長が腰かけていた。二人の刑事は、ともに三十代の後半だった。

「課長の指示で、おれも取り調べに加わらせてもらうことになったんだ」

須賀は小笠原に断って、被疑者と向かい合った。小笠原が口を開いた。

「宮下健太ってチンケな野郎です。一昨日の夜、ダイニングバーの従業員の接客態度が気に喰わないと絡んで、相手に全治二カ月の怪我を負わせたんですよ」

「そう」

須賀は短く応じ、宮下に顔を向けた。と、宮下が言葉を発した。

「おたく、なんか迫力ないね。とても暴力団係に見えないよ。ほかの連中は、ヤーさん以上に凄みがあるけどな」

「よくそう言われるよ」

「おたくに凄まれても、すんなり自供する奴なんかいないんじゃねえの?」

「洒落たデザインリングをしてるな。よく見せてくれ」

「安物だよ」

宮下が右手を差し出した。須賀は左手で宮下の右手首を強く摑み、右手で五本の指を大きく反らせた。

「痛えな。何しやがるんだっ」

「少し礼儀を教えてやる。年上の人物になめた口を利くと、指をへし折るぞ」

「優しそうな面してるけど、案外、凶暴なんだな」

「このまま、おれの質問に答えろ！　そっちは東郷に誘われて、『リオン』の売上金強奪事件で見張り役をやったんだって？」

「ああ、そうだよ。東郷さんが百万くれるって言ったんで、手伝ったんだ。けど、結局、金は貰えなかった。おれは只働きさせられたわけさ。でも、東郷さんには面と向かって文句は言えなかったよ。あの男は、すごく短気だったからね」

「東郷が殺されたんで、もう何も恐れる必要はないってことか？」

「まあね。東郷さんたち三人は百二十億の売上金を現金集配車ごとかっぱらったのに、おれたち見張りには一円もくれなかったんだぜ。それはないよ。だからさ、誰かにそのことを喋りたかったんだ」

「ほかにも見張りはいたんだろ？」

「『リオン』を狙ったときは、おれのほかに二人の見張りがいたよ。ひとりはパチプロ崩れで、もうひとりの奴はフリーターだと言ってた。東郷さんたちは事件ごとに見張りを替えてたみたいだね。いつも同じ奴らを使うと、どうしても足がつきやすいからな」

「東郷は、誰が絵図を画いたと言ってた?」

「それについては何も言わなかったけど、バックに大物弁護士が控えてるから、もし捕まっても数年服役するだけで済むはずだと安心しきってたよ」

宮下が言った。

その大物弁護士とは、堀内のことではないのか。弁護士の世界も再編化が進み、遣り手の勝ち組はローファームと呼ばれる巨大弁護士事務所の経営に乗り出している。ヤメ検弁護士はローファームのオーナーになりたくて、東郷たち三人の元組員を焚きつけ、およそ百二十億円の売上金を強奪させたのだろうか。

それだけの資金があれば、優秀な弁護士を何人もスカウトできる。複数の法律事務所をスタッフごと吸収することも可能だ。

堀内がそうした野望を懐いていたとしたら、闇社会の怪紳士たちとの交友を断ちたいと考えているのかもしれない。ただし、すんなりと腐れ縁を断つことは難しいだろう。

そこで堀内は日垣会長を抱き込んで、一連の売上金強奪事件をやらせたのか。むろん、東郷たちが奪った巨額の一部を日垣に分け与えるつもりでいたのだろう。

東郷たち三人の実行犯をいつまでも生かしておいたら、堀内はいつか破滅に追い込まれることになる。それで悪徳弁護士は日垣に頼んで、東郷たち三人の主犯グループ

を闇に葬ってもらったのではないか。

　どれも臆測にすぎないが、まるでリアリティーがないわけでもないだろう。情報屋の松浦は東郷たち三人を唆したのが堀内だと知ったのかもしれない。

　あるいは、日垣会長が手下の誰かに元組員の三人を殺害させたことを嗅ぎつけたのか。きのうの晩、淀野刑事が口にしていた通りなら、後者なのだろう。

「いい加減に手を放してくれねえか」

　宮下が言った。須賀は両手を引っ込めた。

「大物弁護士が黒幕だとしたら、世も末だね。おたくたちもそうだけど、検事、判事、弁護士は法の番人だからな。そういう人間が悪いことを企むようじゃ、この国はもうおしまいだよ」

「法律を犯してる奴が偉そうなことを言うな」

「おれの悪さなんて、かわいいもんだろうが。だから、大目に見てほしいな。一連の売上金強奪事件にタッチしたことまで自供したんだから、執行猶予は付けてもらいたいね」

「おれたちは、おまえの弁護士じゃない。被害者に少しでも悪いことをしたと反省してるんだったら、おとなしく実刑判決に従うんだな」

「そこんとこを何とか頼むよ」

宮下が両手を合わせ、拝む真似をした。

須賀は苦笑し、椅子から立ち上がった。小笠原が話しかけてきた。

「少しはお役に立ちました？」

「ああ、大きな手がかりを得たよ」

「大森署に出張(でば)ってる捜一の連中は大きな進展がないんで、かなり苛(いら)ついてるみたいですよ。警察学校で同期だった男が所轄の刑事課にいるんです。指揮を執(と)ってる神宮管理官は朝から晩までヒステリックに怒鳴(どな)ってるそうですよ」

「そう」

「毒殺された三人は元組員だったんだから、何も捜一がでしゃばることはないんですがね。うちの課だって、これまで数えきれないほどヤー公絡(がら)みの殺人事件を解決してきたのに、捜一のキャリアさんはその実績を認めようとしない。考えてみれば、神宮警視は思い上がってますよ」

「そうカッカするな」

「須賀さん、意地でも捜一を出し抜いてくださいね。頼みます」

「せいぜい頑張るよ」

須賀は取調室4を出た。

自席に戻って間もなく、私物のスマートフォンが着信音を発しはじめた。発信者は

姪の末果だった。

「伯父さん、メールありがとうね。母さんが再婚する気はないと知って、わたし、なんか気持ちが明るくなってきたわ」

「そうか。大人だからって、いつも自信たっぷりに生きてるわけじゃないんだ。誰もが悩んだり、迷ったりしながら、生きてるんだよ」

「そうなんだろうね」

「だから、お母さんに彼氏がいたっていいじゃないか」

「わたしは、あんまり気分よくないよ。だけど、そのことでもう拗ねたりしない。母さんは女盛りなんだから、ちょっとぐらい不良になっても勘弁してあげる」

「生意気なことを言うようになったな」

「あんまりガキ扱いしないで。わたし、もう十三歳よ」

「まだ十三歳だ」

「伯父さんから見れば、ひよっ子そのものだろうけど、少しは大人になったんだから」

「そういうことにしといてやろう。それじゃ、またな！」

　須賀は通話を切り上げた。

　スマートフォンを上着の内ポケットに突っ込んだとき、理恵が刑事部屋に戻ってきた。相棒は自分の席につくと、周囲を見回した。近くに同僚たちの姿はなかった。

「どうだった？」

須賀は小声で問いかけた。

「室内型盗聴器には、わたしの指掌紋しか付着してませんでした。盗聴器を仕掛けた犯人はきれいに自分の指紋を拭ってから、わたしの部屋を出ていったんでしょう。あるいは、予め手袋を嵌めてたのかもしれませんね」

「そのどちらかだろうな。それはともかく、盗聴器を仕掛けたのは淀野とは断定できなくなったわけだ」

「ええ、そうですね。でも、淀野さんは怪しいですよ。同じローションを使ってる男性はほかにいませんから」

「そうなんだろうが、先入観や予断は持たないようにしよう」

「同僚を疑いたくはありませんけど、やっぱり……」

理恵が自分の額を平手で叩き、途中で口を噤んだ。

須賀は取り調べ中の宮下健太から得た新情報を伝え、自分の推測を明かした。

「堀内弁護士が自分のローファームを持ちたくて、東郷たち三人に約百二十億円の売上金を現金集配車ごと強奪させたのかもしれないという推測、外れてはない気がしますね」

「そうか」

「それから、日垣会長が子分の誰かを使って、東郷たち三人を毒殺させた可能性もあると思います。そして、情報屋の松浦は堀内か日垣の犯罪の証拠を握ったため、百人町の自宅マンションで撲殺されたのかもしれませんよ」

理恵が自分の推測を付け加えた。

「そういうストーリーは組み立てられるんだが、まだ確証は摑んでない」

「ええ、そうですね。堀内弁護士と日垣会長に交互に張りついてみましょうよ。そうすれば、何か尻尾を摑めるかもしれませんので」

「そうするか」

須賀は同調した。

2

外光が目に痛い。

堀内は腕で目許を覆った。愛人宅の居間だ。

前夜は、とうとう一睡もできなかった。東都ホテルを出た後、とても白金の自宅に戻る気にはなれなかった。殺意をもってリチャードを死に至らしめたわけではない。それでも、娘と顔を合わせることには強いためらいがあった。

　堀内は明日香の部屋に入るなり、彼女を寝室に連れ込んだ。せっかちに衣服を脱がせ、柔肌を貪った。何かに熱中することで、厭わしい出来事を束の間でも忘れたかったのだ。

　しかし、気持ちとは裏腹に欲望は昂まらなかった。明日香が情熱的に性感帯を刺激してくれたが、少しも効果はなかった。

「ベランダ側のドレープのカーテンを閉めてくれないか。光が眩しいんだ」

「レースのカーテンは閉まってるんじゃないの」

「それでも、眩いんだ。早く厚手のカーテンを閉めてくれ」

「はい、はい！」

　明日香がソファから腰を浮かせ、サッシ戸に歩み寄った。乱暴な手つきで、ドレープのカーテンを引く。

　午前十時半を過ぎていた。いつもなら、オフィスに着いている時刻だ。だが、堀内は出勤する気にはなれなかった。

　昨夜の情景が脳裏にこびりついていた。リチャードが覆い被さってきたとき、手にしていたナイフはほとんど抵抗もなく心臓部に埋まった。チーズの塊に刃を突き入れるよりも滑らかに沈んだ。そのときの感触ははっきりと憶えている。

「何か悩みごとがあるみたいね」

明日香がそう言いながら、正面のソファに浅く腰かけた。

「別に悩みごとなんかない」

「それじゃ、わたしに飽きたのね。だから、わたしを抱けなくなってしまったんでしょ？」

「単に疲れてただけさ」

「ううん、そうじゃないと思うわ。わたしがエレベーターの中で痴漢に体を触られたと訴えたとき、あなたはうっとうしそうだった。そういうことも考え併せると、もう愛情がなくなったとしか考えられないの」

「何を言ってるんだ⁉」

「いいわよ、別れても。ただ、このマンションはいただきたいわ。それから当座の生活費として、六千万円貰いたいわね」

「きみまで手切れ金を……」

思わず堀内は口走ってしまった。

「えっ、わたしのほかにも愛人がいたの⁉」

「そうじゃない、そうじゃないんだ」

「どういうことなのか、ちゃんと説明して」

「娘の同棲相手が男のくせに、手切れ金を欲しがったんだよ。しかし、その件はもう

解決済みなんだ」

「逆バージョンね」

明日香が笑った。堀内はネクタイを締め直し、上着を羽織(はお)った。

「六本木の事務所に行く」

「コーヒーを半分飲んだだけじゃないの。ちゃんとトーストとベーコンエッグを食べていったら？」

「食欲がないんだ。言っとくが、明日香と別れる気はないからな」

「わたしのこと、まだ少しは想(おも)ってくれてるの？」

明日香が確かめた。

「少しじゃない。きみの存在は大きな張りになってるんだ」

「それなら、その証拠を見せて」

「証拠？」

「今夜、わたしをちゃんと抱けたら、あなたの言葉を信じてあげる。トライしてみてよ」

「わかった」

堀内はリビングソファから立ち上がり、玄関ホールに足を向けた。

愛人の部屋を出て、エレベーターで地下駐車場に降りる。堀内はレクサスに乗り込

み、六本木ヒルズに向かった。

ひとっ走りで、自分の事務所に着いた。所長室に落ち着くと、坂下弁護士がやってきた。

「担当してる裁判の結審が出ましたら、わたしは先生の許から去らせてもらいます。裁判に勝つために被告人を偽の心神喪失者にすることはできません。わたしも法曹人の端くれです。事実を曲げるなんて、良心が許しませんので」

「まだ若いな。公平な裁判ができると思うのは幻想だよ。それに早く気づいた弁護士だけが社会的地位と高収入を得られるんだ。坂下君だって、弁護士の平均年収が六百数十万円だってことは知ってるだろうが？」

「ええ、知っています。人口の少ない田舎の弁護士の中には、生活保護を受けてる人さえいることもわかってますよ。しかし、わたしたちの仕事は志を棄ててはいけないと思うんです」

「妻子にひもじい思いをさせても、自分の理想を貫くべきだと言いたいわけか？」

「ええ、そうですね。検事時代の先生の生き方は素晴らしかったと思います。しかし、いまの堀内先生は……」

「真っ当な生き方をしてない？」

「ええ、そう思います。こちらにお世話になるようになってからは、はっきり申し上

げて失望の連続でした」

「そうかね。きみには期待をかけてたんだが、そこまで姿勢が違ってるんだったら、慰留はしないよ。好きにしたまえ」

堀内は虚勢を崩さなかった。内心では、坂下を手放したくないと思っていた。彼の愚直さにはさんざん閉口させられたが、暴走の歯止めになってきたことも事実だ。ブレーキ役がいなくなることは不安でもあった。

だが、堀内はそのことを口にはしなかった。生来の負けず嫌いの性格のせいだろう。

「来春にも正式に辞表を出せると思います」

「身の振り方は、もう考えてるのか？」

「しばらくロースクールの講師をやりながら、先のことをゆっくりと考えるつもりです」

「独立して自分の法律事務所を持つ気なら、出世払いで開業資金を貸してやってもいいが……」

「お気持ちだけいただいておきます」

「わたしが稼ぎ出した金は汚れてると思ってるんだな」

「そこまで自覚されているのに、どうして先生はいかがわしい依頼人の弁護をしたり、法律相談に乗るんですっ」

「たっぷりと稼げるからさ。わたしはね、金のない惨めさや悔しさを味わってきたんだ。たかが金だが、されど金だよ。心臓移植手術費用を工面できていれば、妻の命は救えただろう」

「亡くなられた奥さまのことは、お気の毒だと思っています。しかし、先生はそのことを免罪符にして、ご自分の金銭欲を充たしてきたのではないでしょうか」

　坂下が言った。

「耳が痛いな。そうだったのかもしれない」

「日々の糧は大事ですが、人生は金だけではありません。青臭いと笑われそうですが、わたしは本気でそう思っています。すべての法律家は、他人の役に立つことに労働の歓びを感じなければいけないのではないでしょうか。そのことを忘れたら、もはや法曹人とは言えません」

「きみの言いたいことはわかってる。もういいよ。下がってくれ」

　堀内は野良犬を追い払うように右手を動かした。坂下が黙って一礼し、所長室から出ていく。

　堀内は葉煙草を吹かしながら、坂下と交わした会話を頭の中で反芻しはじめた。坂下が訴えたことは、気恥ずかしくなるような正論だった。ふだんなら、鼻で笑って記憶にも留めなかっただろう。

だが、きょうは坂下が放った言葉がナイフのように胸に突き刺さった。心臓の被膜を削がれたような痛みも感じた。坂下の言葉に、いちいち思い当たったからだろう。弁護士になったときから、何かが少しずつ狂いはじめたような気がする。確かに金を追いかけてきた。しかし、ただの金の亡者になったつもりはない。生い立ちにハンディキャップのある依頼人を生きやすいように手助けしたという自負心はある。

しかし、その判官贔屓は独りよがりだったのかもしれない。狡猾な無法者たちにまんまと利用されただけとも思える。そうだったとすれば、金銭に対する執着心を彼らに見透かされていたのだろう。

思い当たることは皆無ではなかった。堀内は自分の卑しさを恥じる気になった。育ちの悪さが生き方に出てしまったのか。

同じ家で育った弟や妹は身の丈に合った平凡な暮らしにささやかな幸せを見出し、むやみに他人を羨んだり、妬んだりしない。別に貧しさが人間形成を歪めるわけではないのだろう。自分の個人的な上昇志向や野心が人生観を歪にしてしまったようだ。一生、遊んで暮らせるだけの富は手に入れた。もう金儲けに走る必要はない。

いま法律家としての誇りを取り戻さないと、死ぬまでハイエナのような生き方がつづいてしまうのではないか。それでは不本意だ。できることなら、なんとか再生した

い。

　シガリロの火を消したとき、懐でスマートフォンが鳴った。電話をかけてきたのは、娘の奈穂だった。

「いまテレビのニュースで、リチャードが宿泊先の東都ホテルから失踪したことを知ったの。彼が泊まってた部屋のバスルームに血痕が見つかったんで、警察は殺人事件という見方をしてるみたいよ」

「そうなのか。きょうは忙しくて、まだ朝刊も読んでないし、ネットニュースも読んでないんだ。テレビも観てないんだよ」

「昨夜、父さんは十一時半過ぎに車で出かけたわよね。もしかしたら、東都ホテルに行ったんじゃない？　それでリチャードと言い争いになって、彼を……」

「わたしが殺したと疑ってるのか⁉」

　堀内は、ことさら心外そうに言った。

「そうじゃないの？」

「大柄なリチャードと喧嘩になったら、間違いなく父さんが組み伏せられてしまうさ」

「体格は違うけど、不意を狙えば、リチャードを倒すこともできるんじゃない？　たとえば、背後から棒か石で頭を殴打するとかね」

「父さんは、リチャードの居場所も知らなかったんだ。彼の部屋を訪ねられるわけな

いじゃないか」

「父さん、正直に答えて。わたし、今朝（けさ）、リチャードの友達のトムに電話をかけたのよ。そうしたら、前の晩、リチャードから電話があったと言うの。リチャードはトムにね、『奈穂の親父（おやじ）が三千万の手切れ金をくれるって言うから、一両日中にニューヨークに戻るよ』と言ったそうよ」

「リチャードは作り話をしたんだろう。父さんは彼に奈穂と別れてくれれば、手切れ金を払うなんて言ってないぞ」

「ほんとに？」

「もちろんさ」

「なんでリチャードは、友人のトムにそんな作り話をしなければならないわけ？　おかしいじゃないのっ」

「リチャードが嘘をついた理由はわからないが、父さんは手切れ金がどうとかって話は絶対にしてない」

「東都ホテルにも行ってないのね」

「行ってないよ」

「それ、事実？」

娘が確かめた。ホテルの防犯カメラの映像は、橋爪が手を回して削除してくれたは

ずだ。

「ああ、事実だよ」

「それじゃ、いったいリチャードは誰に殺されたの？」

「まだ彼が殺害されたと決まったわけじゃない。ホテルの中で誰かと喧嘩して、リチャードはどこかを傷つけられたのかもしれないな。で、彼はバスルームで傷口を洗って、部屋から逃げ出したとも考えられる」

「喧嘩相手が部屋に押しかけてくることを恐れて？」

奈穂が言った。

「そうだろうね。テレビのニュースでは、室内にリチャードの手荷物や衣類は残されてると報じられてたのか？」

「ううん、部屋の中にはリチャードの持ち物は何もなかったと言ってたわ」

「それなら、彼は地下駐車場あたりから逃げたんじゃないのか」

「リチャードは喧嘩馴（な）れしてたから、こそこそと逃げ出したりしないと思うんだけどな」

「しかし、異国での出来事だからね。すぐに加勢してくれる仲間を呼べないとなったら、逃げるが勝ちと考えるんじゃないのかな」

「父さんはリチャードが生きてると思ってるようだけど、わたしはもう彼は殺されて

しまったかもしれないと感じてるの」

「たとえそうだったとしても、父さんは犯人じゃないよ。奈穂がリチャードと別れることを願ってはいたが、彼を亡き者にしてやろうなんて考えたりしないさ」

「父さんのこと、信じてもいいのね？」

「当たり前じゃないか。館内には防犯カメラがたくさん設置されてるんだから、ホテル側は人の動きを把握してるはずだよ。だから、リチャードが部屋から逃げたのか、不審者に連れ去られたのか、そのうちわかるだろう」

「リチャードが殺されてたんだとしたら、絶対にわたしは加害者を赦さない。警察に捕まる前に、この手で犯人を殺してやりたいわ」

「奈穂、落ち着きなさい」

「それほど、わたしには大切な男性なのよ」

「彼のどこがそんなにいいんだ？」

「すべてよ」

「恋は盲目だな。父さんは警察から少し情報を集めてみる。何かわかったら、すぐ奈穂に教えてやるよ」

　堀内は通話を切り上げ、額の脂汗を手の甲で拭った。

　事実を娘に打ち明けても、不可抗力だったとは信じてもらえないだろう。わが子

に人殺しと疑われるのは、あまりにも悲しい。やはり、真実を語ることはできなかった。

『日進ファイナンス』の橋爪社長は完璧な後処理をしてくれただろうか。急に堀内は不安になって、橋爪のスマートフォンを鳴らした。

少し待つと、電話が繋がった。

「昨夜のことなんだが……」

「ご安心ください。ホテルマンを抱き込んで、きのうの午後十時以降の十階の防犯カメラの映像はそっくり削除させました」

「それを聞いて、ほっとしたよ。わたしが一〇〇七号室に出入りしてる姿は映ってないんだね？」

「ええ。もちろん、わたしの手下の者が切断した上半身と下半身を別々のキャリーケースに収めて、部屋から運び出したところも映ってないはずです」

「予定通りに硫酸クロムを使ったんだね？」

「そうです。矢部組の息のかかった自動車解体工場で、金髪男を骨だけにしました。骨はハンマーで粉々に砕いて、工場のトイレに流しました。それからクリスタルの灰皿にうっすらと血痕が残ってたんで、きれいに洗い落としておきましたよ」

「テレビニュースによると、バスルームにかすかな血痕が……」

「それを見落としてしまったのは迂闊でした。しかし、われわれ三人の指掌紋は室内のどこからも採取できないはずです。ＤＮＡの検出も無理でしょう。足跡は消しようがありませんでしたが、靴から犯人を割り出すことは困難だと思います」

「ああ、それはね」

「リチャードの持ち物は、すべて焼却しておきました」

「そう。ベッドのそばに引き千切られた黒いガーターベルトが落ちてたはずなんだが、あれはどうしたのかな」

「わざとそのままにしておきました。リチャードがコールガールとトラブって、管理売春組織に拉致されたと思わせたほうが堀内先生にも好都合でしょ？」

　橋爪が言った。幾分、恩着せがましい口調だった。

「そうだね。きのうの借りは、何らかの形で必ず返すよ」

「他人行儀ですね。わたしと先生の仲じゃありませんか。持ちつ持たれつでいきましょうよ」

「そう言ってもらえると、気持ちが軽くなるな。きのうの一件は、日垣会長には内密にしておいてほしいんだ。会長は蝮みたいな男だから、弱みを見せたくないんだよ」

「そのお気持ち、わたしにもよくわかります。うちの会長は他人を上手に利用して、自分は決して手を汚そうとしないですから」

「何か汚れ役を押しつけられたようだね」

「『サンライズ・トレーディング』が石油採掘権を得たと称して、出資者から約五十七億円を騙し取った詐欺事件はご存じでしょ？」

「あなたが日垣会長に命じられて、明石社長に投資詐欺を強要したのか」

「そうです。気が咎めたんですが、会長には逆らえませんので。騙し取った金のうち、およそ四十億は日垣会長の懐に入ったんです。留置場で首吊り自殺した明石が十億を取ったんで、わたしの取り分はたったの七億円でした。割が合いませんよ」

「実は、日垣会長から他人名義の預金通帳を数十通預かったんだ。銀行印もね。その総額は約四十億だったから、『サンライズ・トレーディング』が集めた金なんだろうな」

「その通りです。その通帳と銀行印は、わたしが柿の木坂の会長宅に届けたんですよ。四十億円も掠め取るとは、強欲ですね。理事の多くは日垣会長が個人的に私腹を肥やしてることに気づいて、不満を募らせてるんですよ。そのうち、クーデターが起こるかもしれません。半分、冗談ですけどね」

「顧問弁護士のわたしも、日垣会長のワンマン振りには辟易することがあるな。組織の結束を強めるためには、ここらで日垣会長にリタイアしてもらったほうがいいのかもしれないね」

「同じことを考えている理事は少なくないと思います」

「あなた自身はどうなの？」

「コメントを控えさせてもらいます」

「賢い男だ。とにかく、世話になったね。近いうち、ゆっくり会おう」

堀内は通話を切り上げた。

それから数十分が経過したころ、秘書が内線電話をかけてきた。

「高輪署刑事課の方がお二人見えて、先生にお目にかかりたいとおっしゃっているのですが、どういたしましょう？」

「所長室にお通ししてくれないか」

堀内は狼狽しそうになったが、いつもの声で応じた。東都ホテルは高輪署管内にある。

ホテルの地下駐車場の防犯カメラに自分の姿が映っていたのかもしれない。堀内は深呼吸してから、執務机を離れた。

ちょうどそのとき、秘書が二人の刑事を伴って所長室に入ってきた。五十年配の刑事は砂という珍しい苗字だった。連れは三十代の後半だろう。仙道という姓だった。

堀内は秘書を下がらせ、二人の捜査員を長椅子に坐らせた。自分は砂刑事と向かい合う位置に腰を落とした。

「早速ですが、昨夜、東都ホテルの一〇〇七号室に投宿していたリチャード・ハミル

トンというアメリカ人男性が忽然と部屋から姿を消してしまったんですよ。バスルームを検べたところ、ルミノール反応がありましたので、事件性はありそうなんです」

　仙道刑事が言った。

「そうなんですか」

「堀内先生は前夜零時少し前に地下駐車場にレクサスを駐めて、エレベーターに乗られましたね？　防犯カメラの映像で確認させてもらったんですよ。何階に行かれたんです？」

「十階です。訪ねた部屋は、お答えできませんが……」

「なぜです？」

　砂刑事が口を挟んだ。

「部屋には、依頼人の女性がいたんですよ。その方のご主人は有名なニュースキャスターなんです。しかし、女性関係が乱れているので、奥さんは離婚に踏み切る気になったんです。それで、わたしは彼女の夫の浮気写真や録音データを預かって、数十分聞き取りをしてから、部屋を出たんですよ」

　堀内は言い繕った。苦し紛れの作り話だった。

「秘密は厳守しますので、その依頼人のお名前を教えていただけませんか」

「それは勘弁してください。依頼人は、まだ夫に別れ話を切り出してないんですよ。

たくさん慰謝料を取れるよう、しっかりと段取りを整えようってことになったんです」

「そうなんですか。ご主人のいないときに、その依頼人から事情聴取させてもらうつもりなんですけどね」

「それでも、協力できないな」

「残念です。先生が依頼人のいる部屋にいらっしゃる間、十階の廊下で不審な物音はしませんでした？」

「特に何も聞こえなかったな。部屋に入るときも出たときも、廊下には人の姿はありませんでしたよ」

「そうですか。それでは、依頼人の方も一〇〇七号室の異変には気づかれなかったのかな」

「多分、そうなんでしょう」

「その方にもお目にかかりたかったですね」

「捜査に協力できなくて申し訳ないが、阿久津署長によろしくお伝えください。東京地検の特捜部にいたころ、おたくの署長とは何度か会ってるんだ」

「そうでしたか」

砂刑事が答え、かたわらの仙道に目配せした。

堀内は先にソファから立ち上がった。二人の刑事は顔を見合わせ、じきに引き揚げ

ていった。

　堀内は応接ソファに坐り込み、ひとまず胸を撫(な)で下ろした。

3

　白いものがちらつきはじめた。

　粉雪(こなゆき)だった。須賀は覆面パトカーの中から、日垣邸に視線を当てていた。

　助手席には相棒の理恵が坐っている。彼女も日垣宅を注視(ちゅうし)していた。

　チンピラの宮下から新たな手がかりを得たのは四日前である。その夕方から須賀たちコンビは堀内弁護士と日垣会長を交互にマークしてきた。だが、どちらも怪しい動きは見せなかった。

　まだ午後三時半過ぎだが、鉛色の空は低く垂れ込めている。ただ、寒気はそれほど鋭くない。本格的な雪にはならないだろう。

「堀内と日垣は、こちらの動きを察知(さっち)したのかしら？　それで、警戒して尻尾(しっぽ)を出さないようにしてるんではありませんか」

　相棒が言った。

「そうだとしたら、警察の内部に内通者がいるな」

「それ、淀野さんのことでしょ？」

「淀野の行動は気になるよな。こないだも言ったと思うが、あいつは情報屋の松浦とそれほど親しくなかった。それなのに、松浦殺しの犯人を個人的に突きとめたいと言ってた」

「殺された松浦が日垣会長を強請ってたのかもしれないって話でしたよね？」

「ああ。おれは、松浦が気の小さい男だということをよく知ってる。どう考えても、奴には広域暴力団の親分を脅迫するだけの度胸はないだろう。淀野はミスリードを仕組んだんじゃないのかな」

「淀野さんは意図的に松浦殺しに日垣会長が関与してると臭わせて、われわれの目が真犯人に向けられないよう偽装工作したってことですね」

「確証はないが、そう思えてきたんだ」

「ええ、考えられますね。わたしの部屋に室内型盗聴器をこっそり仕掛けたのは、淀野先輩臭いですから」

「淀野は刑事を辞める気なのかもしれないぞ」

「そして、どこかの組の盃を貰う？」

「その気になったんではないだろうか。〝改心組〟を色眼鏡で見る警察幹部は少なくないからな。この先、たいした出世は望めないだろう」

「それなら、いっそアウトローになって一目置かれたくなった？　それから、贅沢もしたくなったってことなんでしょうか」

「淀野はブランド物を欲しがるタイプだから、そういう気持ちになったとしても別に不思議じゃないよな」

　須賀は言った。

「淀野さんは、関東御三家のどこかに入るつもりなんですかね。それとも、東京進出を狙ってる関西勢力の手先になったのかな」

「淀野がどの組織に入りたがってるのかは、まだわからない。しかし、関東義誠会の会長を陥れようとしてる気配がうかがえるから、日垣とは対立するグループか個人に与する気になったと考えられそうだ」

「淀野さんは案外、堀内弁護士に取り込まれたんじゃないかしら？　日垣会長は〝蝮〟と呼ばれ、取り巻きも信用してないようですから、顧問弁護士の堀内にも気を許してないと思うんですよ」

「話をつづけてくれないか」

「はい。日垣会長は自分の身を護るため、堀内弁護士の弱みもいろいろ押さえてるんではないですかね。堀内は日垣と距離を置きたくて、淀野さんに何かで陥れるよう頼んだとは考えられませんか？」

「堀内は闇社会の首領たちと親しくしてるが、筋者の親玉ってわけじゃない。淀野が堀内に取り入っても、それほどのメリットはないだろう」

「ええ、そうでしょうね。となると、やっぱり淀野さんはどこかの組織のために動いてるんでしょう」

理恵が口を閉じた。

数分後、日垣邸から組員らしい男が七、八人現われた。全員、屈強そうだ。一様にトランシーバーを手にしている。

「張り込みに気づかれたのかもしれないな」

須賀はスカイラインを数十メートル後退させた。

理恵がグローブボックスから小型双眼鏡を取り出し、急いで目に当てた。

「外に出てきたのは八人です。どいつも、おっかない顔をしてます。殺気立ってる感じですね」

「なら、殴り込みを警戒してるんだろう。そうにちがいない」

「大阪の浪友会あたりが関東義誠会に戦争を仕掛ける気になったんでしょうか？」

「そんなことをしたら、関八州の親分衆が黙っちゃいないだろう。東西の全面戦争に発展したら、双方が大きなダメージを負うことになる」

「でしょうね」

「もしかしたら、関東義誠会に内紛が起こったのかもしれないぞ。武闘派の日垣会長はワンマンだから、ずっと十五人の理事たちを力で抑えてきた。そんなことで、不満分子たちが日垣に反旗を翻したとも考えられる。ちょっと双眼鏡を覗かせてくれ」

須賀は片手を差し出した。理恵が須賀の掌にドイツ製の小型双眼鏡を載せた。

すぐに須賀はレンズを覗き、倍率を最大にした。日垣邸の門前に立ちはだかっている黒革のロングコートの男は、明らかに武装していた。

腰と胸部が不自然に盛り上がっている。コートの下には、拳銃と短機関銃を隠し持っているのだろう。八人の男は十メートルほど間隔を空けて、路上に立っていた。無線機を使って、互いに連絡を取り合っている。

「関東義誠会の副会長の遠山力は義理人情を大事にしてる渡世人で、日垣会長とは何かと反目し合ってたんでしょ？」

「ああ」

「それなら、遠山組の連中が日垣会長の命を奪ろうとしてるんじゃありませんか？」

「遠山は七、八カ月前に心筋梗塞で倒れ、いまも寝たきりの状態なんだ。もう六十だし、日垣を追い落として、五代目の会長のポストを狙うだけのエネルギーはないだろう」

「遠山の子分たちが結束して、日垣を追放する気になったとは考えられません？」

「それは考えにくいな。遠山組長は筋を通してきた男だ。日垣会長を快く思ってなくても、配下の者に矢を向けさせたりしないだろう」

「矢部組の組長も認知症がひどいみたいだから、クーデターの旗振り役にはなれませんよね」

「そうだな。しかし、矢部組の組長代行の橋爪恒平は商才があって、関東義誠会の金庫番を務めてる。『日進ファイナンス』の社長が反会長派の理事たちに働きかければ、日垣会長を失墜させられるだろう」

「橋爪はインテリやくざだから、弁舌さわやかに理事たちを説得できそうね。矢部組長が半ば引退したようになってしまったんで、日垣会長は矢部組をお荷物扱いするようになったのかもしれませんよ」

「組長代行の橋爪はそのことに腹を立てて、日垣を会長職から引きずり下ろす気になったんだろうか」

「そういう可能性はあると思います」

「三雲の読みは的外れじゃないのかもしれない。経済やくざの橋爪がいつまでも武闘派の日垣会長の忠犬に甘んじつづけるとは思えない。あの橋爪は内心、知性も教養もない日垣を見下してるんじゃないだろうか」

「そうなら、謀反を企ててもおかしくはないでしょう?」

理恵が同意を求めてきた。須賀は無言でうなずき、小型双眼鏡を理恵に返した。

それから数分後、須賀の懐でスマートフォンが着信音を発した。発信者は、元妻の深雪だった。

「保証人の書類、きのう、受け取りました。忙しいのに、悪かったわね」

「気にするなって」

「どんなに生活がきつくても、絶対に会社のお金を横領したりしないから、安心して」

「信用してるよ」

「ありがとう。わたしって、愚かよね」

「え？」

「小娘みたいに霞さんに嫉妬して、あなたと離婚しちゃって。いまは、ものすごく後悔してるの。だからといって、復縁を迫ったりしないけどね。そんなことをしたら、自分が惨めになるだけだから」

「愚痴をこぼしたくなったら、電話してくれ。元は夫婦だったんだから、それぐらいはつき合うよ」

「優しいことを言わないで。気持ちがぐらついちゃうじゃないの。元妻の愚痴を聞く時間があったら、新しい彼女を早く見つけなさい。わたしも亮介さんよりも素敵な彼氏を探すから」

「それじゃ、お互いに頑張ろう」

「ええ、そうね」

「何か困ったことがあったら、いつでも相談に乗るよ。それじゃ、元気でな！」

須賀は電話を切った。すると、相棒が喋った。

「別れた奥さん、須賀警部に未練がありそうですね」

「なぜ、そう思う？」

「女はリアリストだから、興味を失った男のことは振り返ったりしないんですよ」

「自分の体験談か？」

「ええ、まあ。離婚しても何か理由をつけて元の奥さんが連絡してくるのは、愛惜の念が消えないからでしょう。先輩にしても、かつての妻に多少の未練心があるんじゃないですか。そうだったら、世間の目なんか気にしないで、復縁しちゃったら？」

「未練とは違うんだ。おれは別れた女房をある意味では〝戦友〟と思ってたんだよ」

「戦友ですか⁉」

「ああ。元妻の妹は惚れた組員に覚醒剤漬けにされて、薬物中毒死してしまったんだよ。まだ二十一だった。おれの弟も、やくざに誤射されてしまった。そんな共通項があって、おれたち夫婦はひとりでも暴力団員を減らしたいと願ってたんだ」

「それで、戦友と思ってたんですね？」

「そうなんだ。男女の仲はもう修復できないが、そんなわけで元妻に冷淡になれないんだよ。それだけさ」

「須賀警部は器が大きいんですね。わたし、ぐっときちゃいました。好きになっちゃうかも……」

「大人をからかうなって」

　須賀は微苦笑した。

　そのとき、刑事用携帯電話の着信ランプが灯った。ディスプレイを見る。発信者は山根課長だった。

「須賀の耳に入れておいたほうがいいと思って、電話したんだ。近日中に関東義誠会の日垣会長が理事会で罷免されるかもしれねえんだよ」

「ほんとですか⁉」

「ああ。十五人の理事のうち十三人が日垣を糾弾する気みてえだぜ。日垣は裏ビジネスでせっせと私腹を肥やしてたみてえなんだ。それで、内部告発されたようだな」

「内部告発者は誰なんです？」

「その情報を摑んだ影山班は、遠山組のナンバーツーの城所卓司が謀反人だと睨んでるようだが、まだ断定はできねえな」

「寝たきり状態の遠山組長は昔気質のやくざです。日垣会長に不満があったとしても、

子分たちに筋の通らないことはさせないでしょう」

「言われてみれば、そうだろうな。遠山は、そんなことはさせねえか」

「ええ、そう思います」

「謀反人にもう見当はついてんだろ？」

「見当はついてるんですが、まだ確証を摑んでないんですよ」

須賀は橋爪の顔を思い浮かべながら、慎重に言葉を選んだ。

「そうか。日垣宅の様子は？」

「少し前に邸から八人の組員が出てきて、日垣邸のガードを固めてます。反会長派の襲撃を警戒してるんでしょう」

「おそらく、そうなんだろう。日垣派の和泉組と下條組の奴らも、助っ人に加わりそうだな。影山班に和泉組と下條組の動きを探らせらあ」

山根課長が電話を切った。

須賀は刑事用携帯電話を上着の内ポケットに戻し、理恵に課長からの伝達内容を語った。話し終えたとき、理恵がルームミラーの角度を変えた。

「どうした？」

「三十メートルほど後方にグレイのマークXが少し前に停まったんですが、運転席のサングラスの男、淀野さんっぽいんですよ」

「どれ、どれ」

須賀はミラーを仰いだ。

マークXのナンバープレートには、〝わ〟の文字が見える。レンタカーだ。

須賀はゆっくりとナンバーを読み上げた。理恵が端末を使って、ナンバー照会をする。東日本レンタカーの渋谷営業所の車だった。

「営業所に電話をして、マークXの借り主を聞き出してくれ」

須賀は相棒に言って、目をドアミラーに転じた。レンタカーに同乗者はひとりもいなかった。

数分後、理恵が問い合わせの電話を切った。

「後ろのレンタカーを借りたのは淀野さんです」

「やっぱり、そうだったか。濃いサングラスで目許を隠してる奴は淀野だろう。彼をどこかで撒いて、おれはタクシーで逆追尾する。そっちは近くのガソリンスタンドでおれと運転を交代してくれ」

「了解！」

「後ろを絶対に振り向くなよ」

須賀はスカイラインを発進させた。

邸宅街を迂回して、目黒通りに出る。数百メートル先にガソリンスタンドがあった。

須賀は覆面パトカーをガソリンスタンドに乗り入れ、休憩所に入った。セルフサービスのスタンドだ。理恵が給油して運転席に坐った。

須賀は備(そな)えつけのグラフ誌を読む振りをして、マークXの位置を目で確かめた。ガソリンスタンドから二十メートルほど離れた路肩(ろかた)に寄せられている。

覆面パトカーが発進した。須賀は休憩所から出て、物陰に走り入った。少し迷ってから、マークXがスカイラインを尾行しはじめた。

須賀は車道に走り寄り、タクシーに急いで乗り込んだ。初老のタクシードライバーに刑事であることを明かし、前を行くレンタカーを追走してもらう。

スカイラインは道なりに進み、ファミリーレストランの駐車場に入った。レンタカーも出入口に近い場所にパークした。しかし、サングラスの男は車から出ようとしない。

理恵がファミリーレストランに足を踏み入れ、窓側の席に着いた。嵌(は)め殺しの窓だった。駐車場から店内は丸見えだ。

理恵はハンバーグライスをオーダーしたようだ。

数分が経過すると、マークXはファミリーレストランの敷地から出てきた。右のターンランプが点滅している。どうやら淀野と思われる男は、日垣邸に引き返す気になったらしい。須賀の予想は正しかった。

レンタカーは来た道を逆にたどりはじめた。

須賀はタクシーで尾けつづけた。思った通り、マークXは日垣邸のある通りに入った。そのまま直進し、ふたたび目黒通りに戻った。日垣邸の近くで須賀が張り込んでいるかどうか、確かめたかったのだろう。

レンタカーは目黒通りから明治通りを走り、新宿五丁目交差点を右折した。近くに『日進ファイナンス』のオフィスがある。

ほどなくマークXは、『日進ファイナンス』の前で停まった。ドライバーは運転席から出ると、サングラスを外した。

やはり、同僚刑事の淀野だった。淀野は橋爪に協力して、矢部組の幹部のポストを狙っているのか。〝改心組〟の刑事は馴れた足取りで、『日進ファイナンス』のエントランスロビーに入っていった。

「相棒が来るまで車の中で待機させてほしいんだ」

須賀はタクシー運転手に言って、理恵のポリスモードの短縮番号を押した。少し待つと、相棒が出た。

「サングラスの奴は淀野だったよ。少し前に『日進ファイナンス』のオフィスに入っていった」

「淀野さんは橋爪のイヌだったんですね？」

「それは、ほぼ間違いないだろう。日垣を罷免に追い込もうと画策したのは、橋爪と思われる」

「それだけなんでしょうか？」

「橋爪が三人の破門やくざを唆して、一連の売上金強奪をやらせた疑いもあるな。それに、明石に投資詐欺を強要したのかもしれない。日垣と結託してな。インテリやくざは、理事たちを抱き込む軍資金が欲しかったんだろう」

「ひょっとしたら、橋爪は日垣会長の後釜に収まる気なんじゃないのかしら？」

「それも考えられる。橋爪は悪知恵が発達してそうだからな」

「ええ」

「とりあえず、急いでスカイラインをこっちに回してくれ」

須賀は通話終了キーを押して、にんまりとした。そう遠くない日に真相に迫れそうだ。

スカイラインが到着したのは二十数分後だった。相棒はサイレンを響かせながら、張り込み場所に駆けつけたのだろう。

須賀はタクシーを降り、覆面パトカーの助手席に乗り込んだ。

長い時間が流れた。淀野が表に出てきたのは午後六時過ぎだ。外は真っ暗だった。

淀野がマークＸの前を回り込み、運転席のドアに右腕を伸ばした。

そのとき、闇の中から白っぽいエスティマが突進してきた。無灯火だった。

エスティマはマークXの車体を擦りながら、淀野を高く撥ねた。

淀野の体が宙を舞い、路上に落下した。俯せだった。エスティマは淀野をタイヤで轢き潰し、そのまま猛スピードで走り去った。ナンバープレートは外されていた。

須賀はスカイラインから飛び出し、淀野に駆け寄った。

淀野の耳から血が流れている。頭の一部も陥没していた。腰骨も砕けてしまったようだ。

「おい、しっかりしろ」

須賀は、淀野を仰向けにさせた。まだ死んではいなかった。

「すぐに救急車を呼んでやる」

「まんまと嵌められてしまった。くそっ、汚い奴だ」

「それは橋爪のことなんだな？」

「あ、あいつを逮捕って……」

「淀野、もう喋るな。目を開けろ、しっかり聞くんだ」

「ううーっ」

淀野は獣じみた唸り声を発し、目を白黒させた。十秒ほど全身を震わせ、不意に息絶えた。

そのとき、理恵が駆け寄ってきた。須賀は無言で首を振り、おもむろに立ち上がった。

「無灯火のエスティマを運転してた男は、橋爪の命令で淀野さんの口を封じたんだと思います。須賀警部、橋爪を任意で連行しましょうよ」

「まだ裏付け（ウラ）を取ってないんだ。いま橋爪を引っ張っても、立件は難しいだろう」

「橋爪を厳しく取り調べれば……」

理恵が喰（く）い下がった。

「不良上がりのヤー公じゃないんだ。インテリやくざは、どんなに恫喝（どうかつ）しても全面自供なんかしないさ」

「そうかもしれませんけど、もどかしいな」

「証拠固めを急ごう」

須賀は相棒の肩に手を置いた。

4

疑念が消えない。

なぜ橋爪は東都ホテルの従業員を抱き込んだとき、地下駐車場の防犯カメラの映像

まで削除させなかったのか。十階の映像だけ消しても不十分ではないか。

堀内は高輪署の刑事たちが帰ってから、断続的にそのことを考えていた。

法律事務所の所長室である。午後七時を過ぎていた。仕出し弁当屋から届けられた夕食には、少し箸をつけたきりだった。

堀内は葉煙草をくわえ、なおも推測を重ねた。

橋爪は故意に地下駐車場の防犯カメラの映像を削除させなかったのではないか。その理由は、堀内がリチャード・ハミルトンの謎の失踪に関わっていると捜査当局に疑わせたかったからにちがいない。映像には日付と時刻が記録されている。

リチャードが一〇〇七号室から消えた夜、堀内が東都ホテルの地下駐車場にレクサスを駐め、エレベーターに乗り込んだことは隠しようがない。映像を消させなかったのは、何か切札が欲しかったからではないのか。

堀内は橋爪にリチャードの死体の処分を頼んだ。そのことは堀内自身の弱みだが、橋爪にも具合が悪い事実と言える。橋爪は自分の弱点につけ込まれることを避けたくて、地下駐車場の映像をわざと削除させなかったのだろう。

確信が深まった。さらに考えつづける。

それだけの理由だったのか。どうしても、そうとは思えない。橋爪は何か企んでいるような気がする。日垣会長の致命的な弱みを知りたいのだろうか。橋爪は関東義誠

会の金庫番として日垣に信頼されているが、彼自身は必ずしも会長には心を開いていない。

十五人の理事の大半も、唯我独尊の姿勢を変えようとしない日垣会長に呆れ果てている節がうかがえる。日垣に忠実な理事は二人か三人しかいないだろう。

橋爪は理事ではないが、親分の矢部組長は理事のひとりだ。しかし、日垣は矢部理事が病人になってからは露骨に蔑ろにしている。

場合によっては、矢部組は取り潰されることになるかもしれない。橋爪はそういう危惧を懐き、組長に代わって自分が矢部組を盛り返す気になったのではないか。

理事になるには、十五人のうち十人の現職理事の支持を得る必要がある。そのための根回しが必要だ。

先夜、平和島の倉庫ビル内で毒殺された三人の元組員に破門後、『日進ファイナンス』から〝給料〟が支払われているという噂を会長派の下條組の大幹部から聞いた記憶がある。

噂の真偽は確かめていない。仮に噂が事実だとしたら、橋爪が破門された東郷、里中、沖の三人に大型スーパー、ディスカウントショップ、パチンコ店の売上金を現金集配車ごと強奪させた疑いも出てくる。

被害総額は百二十億円にものぼる。それだけの金があれば、十人以上の理事を抱き

込めそうだ。また、橋爪は日垣会長とつるんで、『サンライズ・トレーディング』の明石社長に投資詐欺をやらせている。

　被害総額のうち日垣会長が約四十億円を取り、橋爪自身は七億円をせしめているようだ。インテリやくざは、残りの十億円は明石の取り分だと語っていた。

　明石と橋爪の配分がその通りだったのかどうか確かめていないが、日垣会長の懐に四十億円ほど入ったことは間違いない。先日、会長から直に預かった他人名義の数十通の預金通帳と銀行印は、背後の金庫に保管してある。

　シガリロの火を消したとき、スマートフォンに写真メールが送信されてきた。

　堀内は液晶ディスプレイの画像を目にして、目を剝いた。驚きの声も洩らした。なんとランジェリー姿の奈穂が椅子にロープで縛りつけられていた。放心した顔つきだった。送信人を確認する。娘の名と電話番号が表示されていた。

　痛ましい画像を消したとき、机上の固定電話が鳴った。

　堀内は受話器を摑み上げた。一拍置いて、聞き取りにくい男の声が流れてきた。

「堀内弁護士だな？」

「そうだ。ボイス・チェンジャーを使ってるな。誰なんだっ」

「写メールは観たな？」

「奈穂を拉致して、どこかに監禁してるんだなっ。そこは、どこなんだ？」

「鴨川の丘にある廃屋だよ。十年以上も前に死んだ洋画家のアトリエだったみたいだな。詳しい場所は後で教えてやる」

「営利目的の誘拐なのか？」

堀内は縺れる舌で訊いた。

「先生の金をいただこうとは思ってない。日垣会長から預かった他人名義の預金通帳と銀行印を持って、ひとり娘を引き取りにきてもらいたいんだ」

「橋爪だなっ」

「誰なんだ、そいつは？」

「とぼけるな！　わたしは、わかってるんだ。あんたは日垣会長を蹴落として、関東義誠会を牛耳る気でいるんだろっ。理事たちを味方にするために東郷たち三人に約百二十億円の売上金を強奪させ、その金で抱き込んだんじゃないのか？　もちろん、三人の元組員に毒を盛らせたのもあんただ」

「何か勘違いしてるな。こっちは、強欲な日垣を懲らしめてやりたいだけさ。午後十時半までにこっちに来い」

相手が奈穂の監禁場所を詳しく告げた。堀内はメモを執った。

「ひとりで来なかったら、娘を殺すことになるぞ」

「わかってる。通帳と銀行印は必ず持っていくから、奈穂には指一本触れるな」

「十時半がリミットだ。一分でも遅れたら、あんたは娘の亡骸と対面することになるからな」

脅迫者が荒っぽく電話を切った。

堀内は受話器をフックに返し、日垣会長のスマートフォンをコールした。電源は切られていた。すぐに堀内は日垣の自宅に電話をかけた。電話口に出たのは、ボディーガードのひとりだった。

「会長に急用があるんだ」

「うちの大将は夕方、散歩中にフェイスキャップを被った二人組に車で連れ去られてしまったんですよ。護衛の舎弟は頭を撃ち抜かれて、意識不明なんです」

「犯人グループの見当はついてるのか？」

「まだわからないんですよ」

「そう」

堀内は通話を切り上げた。日垣の力を借りるつもりだったが、その望みは断たれてしまった。

堀内は執務机から離れ、耐火金庫の扉を開けた。日垣から預かった数十通の通帳と銀行印を取り出し、書類袋に詰める。それを黒革の鞄に収めてから、ふたたび金庫の奥に手を伸ばした。

四角い木箱を取り出し、蓋を開ける。

アメリカ製のルガーSP101が中央に収まっていた。六連発の小型リボルバーだ。シリンダーには、五発の実包が装塡されている。ルガーSP101の両側には、二発の手榴弾が入っていた。二年前に日垣から貰った拳銃と手榴弾だ。

アメリカの射撃場で各種の拳銃を実射したことはある。とはいえ、射撃には自信がなかった。犯人グループと銃撃戦になったら、娘もろとも射殺されることになるだろう。

堀内は二個の手榴弾だけを鞄の中に収め、小型リボルバーを元の棚に戻した。金庫をロックして、所長室を出る。

数人の弁護士が居残っていた。

「ご苦労さん！　悪いが、先に帰らせてもらうよ」

堀内は誰にともなく声をかけ、自分のオフィスを出た。

エレベーターで地下駐車場に下り、レクサスに乗り込む。堀内は六本木ヒルズを出て、湾岸道路をめざした。

宮野木Ｊｃｔから館山自動車道を走り、木更津南ＩＣから一般道路に入る。鹿野山の裾野を抜けて、房総スカイラインと鴨川街道を使い、鴨川市内に達した。

娘の監禁場所は鴨川カントリークラブの近くにあった。

民家は疎だった。雑木林や畑が目立つ。

まだ十時前である。堀内は周辺を一巡し、逃走ルートを決めた。それから、低速で目的の廃屋に近づいた。

三角屋根の洋風住宅だが、羽目板の白いペンキはあらかた剥がれ落ちている。窓が仄かに明るい。電灯の光ではなかった。ランタンの灯だろう。三方は雑木林だ。

堀内は廃屋の七、八十メートル手前でレクサスを停め、手早くヘッドライトを消した。エンジンも切る。

堀内は名状しがたい不安と恐怖にさいなまれた。しかし、愛娘を見殺しにはできない。堀内は自らを奮い立たせ、上着の両ポケットに手榴弾を一発ずつ入れた。使い方は日垣から教わっていた。

堀内は一服してから、レクサスから静かに出た。革鞄を提げて、廃屋に向かう。あたりは漆黒の闇だった。はるか遠くに民家の灯がぼんやりと見える。

日垣から預かった物を誘拐犯に渡すことには、何もためらいはない。しかし、自分と娘がすんなりと解放されるとは思えなかった。主犯格と思われる橋爪恒平は数十通の預金通帳と銀行印を受け取ったら、迷うことなく自分と人質の奈穂を殺す気でいるのではないか。

首尾よく娘を救い出せるのか。自分はどうなってもかまわない。せめて奈穂は逃げ

切ってくれることを切に願う。

堀内は歩きながら、亡妻の名を呼んだ。風に乗って、姿子の声が聞こえた気がした。

言うまでもなく、錯覚だ。それでも幾分、勇気づけられた。

ほどなく廃屋に達した。庭先にセダンとワンボックスカーが並んで駐めてあった。

堀内は鞄を胸に抱え、敷地に足を踏み入れた。足音を殺しながら、家屋の横に回り込む。

堀内は中腰で窓辺に忍び寄り、家の中を覗き込んだ。

真っ先に目に飛び込んできたのは、梁から吊るされた日垣の死体だった。太い首には麻縄が深く喰い込んでいる。

日垣会長は白目を晒し、舌をだらりと垂らしていた。股間は濡れている。縛り首にされたとき、尿失禁したのだろう。大便も漏らしていそうだ。

死体の右側に、椅子に括られた奈穂がいた。足許のランタンは赤々と燃えている。娘は憔悴しきって、見る影もない。うなだれて、ほとんど動かなかった。

堀内は横に移動した。

玄関寄りに橋爪の姿が見えた。そのかたわらには、矢部組の舎弟頭の羽鳥誠治と組員の牧村が並んで腰かけている。三人は、それぞれ古ぼけたロッキングチェアに坐っていた。

堀内は玄関先に戻り、ドアをノックした。

少し待つと、橋爪が姿を見せた。

「荒っぽいことをして、申し訳ありませんでした」

「仮面紳士だな、あんたは。こいつが欲しかったんだろうが！」

堀内は鞄から書類袋を取り出し、橋爪に手渡した。橋爪が中身を検め、満足げに笑った。

「奈穂を返してもらうぞ」

堀内は橋爪を押し除け、勢いよく奥に進んだ。羽鳥と牧村が相前後して椅子から立ち上がった。

「二人とも手を出すな」

橋爪が手下の者に言って、玄関のドアを閉めた。奈穂が父親の姿を目にしたとたん、子供のように泣きはじめた。

「もう心配ないよ」

堀内は革鞄を床に置き、手早く娘の縛めをほどいた。脱がされた衣服は床に投げ捨てられている。

「早く身繕いをしなさい」

「うん、うん」

　奈穂が涙声で言い、すぐさま衣服をまといはじめた。堀内は体を反転させて、橋爪と向かい合った。

「日垣会長を殺ったのは、憎んでたからなんだな？」

「別に憎んではいませんでしたよ。会長は関東義誠会を束ねるだけの器ではなかったんで、消えてもらったわけです」

「ドライだな。きみは会長のポストが欲しかったので、東郷たち三人に約百二十億の売上金を強奪させて、その金で理事たちの多くを抱き込んだんだろう？」

「否定はしませんよ」

「東郷たちに青酸カリ入りの赤ワインを差し入れたのは、そこにいる羽鳥か牧村なんだな？」

「どちらでもありません。東郷たち三人を毒殺したのは、本庁組織犯罪対策部第四課の淀野刑事ですよ」

「なんだって⁉」

「淀野は刑事の仕事に見切りをつけて、筋者になりたがってたんですよ。わたしに協力してくれたら、矢部組の大幹部にしてやると言ったら、奴は情報屋の松浦もゴルフクラブで撲殺してくれました」

「松浦という情報屋は何をしたんだ？」

「わたしが日垣と結託して、『サンライズ・トレーディング』の明石社長に投資詐欺をやらせたことはご存じでしょう？」

「ああ。およそ五十七億円を投資家たちから騙し取ったんだったな」

「ええ、そうです。松浦は明石を操ってる人間がいると直感したらしく、わたしの周辺を嗅ぎ回りはじめたんですよ。だから、淀野に始末させたわけです」

「その淀野って刑事を矢部組の大幹部にしてやる気なのか？」

「もう淀野は、この世にいません。きょうの夕方、馬場って組員に車で轢き殺させました。淀野は、もう利用価値がなくなりましたんでね」

「きみは根っからの冷血漢なんだな」

「人間も獣と同じで、喰うか喰われるかです。堀内先生だって、欲の深い奴らを喰いながら、ビッグになったんじゃありませんか」

「わたしは社会から弾き出されて、差別されてる連中を庇ってきたつもりだ」

「そんなきれいごとは通用しませんよ。先生とわたしは同類です」

　橋爪が言って、せせら笑った。

「きみとは違うぞ、絶対にな」

「ま、いいでしょう。多分、わたしが関東義誠会の新会長になると思います。そこでお願いなんですが、先生に引きつづき会の顧問弁護士になってほしいんですよ。年間

二億円の顧問料を払います。条件は決して悪くないでしょ？」

「断る。もうアウトローたちとは手を切るつもりなんだ」

堀内は決然と言った。

「断れないでしょ？　先生は人を殺してるんですから」

「何を言ってるんだっ」

「娘さんに教えてもいいんですか？　先生が東都ホテルの一〇〇七号室でリチャード・ハミルトンを刺殺して、その死体の処理をわたしにさせたことを」

「父さん、いまの話は事実なの⁉」

奈穂が目を丸くした。堀内は娘に歩み寄って、経緯を話した。

「ほんとに殺意はなかったの？」

「もちろんさ。それだけは信じてくれないか」

「不可抗力だったんなら、なぜ一一〇番通報しなかったわけ？」

「世間では悪徳弁護士と見られてるから、殺人罪で起訴されることが怖かったんだよ」

「いまからでも遅くないわ。リチャードを死なせたことは赦せないけど、わたし、殺人者の娘になりたくない。警察に出頭して、何もかも話して」

「そうしよう」

「先生、そうはさせませんよ」

橋爪が目を尖らせ、懐を探った。堀内は奈穂を壁際まで押しやり、上着の右ポケットから手榴弾を摑み出した。

羽鳥と牧村がぎょっとして、数歩退がった。

橋爪がグロック29を取り出し、スライドを引いた。オーストリア製のコンパクトピストルだが、十ミリ弾が使用されている。

「わたしに協力できないというんなら、娘と一緒にここで死んでもらう」

「死ぬときは、きみも一緒だ」

堀内は手榴弾のレバーを強く握り込み、安全ピンを引き抜いた。

そのとき、グロック29が銃口炎を吐いた。堀内は左の二の腕に熱感を覚え、少しよろけた。放たれた銃弾は筋肉を数ミリ抉っただけで、背後の壁にめり込んだ。

堀内は、橋爪たち三人の足許に手榴弾を転がした。

数秒後、炸裂音が轟いた。橙色を帯びた赤い閃光が拡がり、橋爪たちが吹っ飛んだ。

堀内はダイブして、奈穂の上に覆い被さった。

そのとき、警視庁の須賀警部が玄関から飛び込んできた。シグ・ザウエルＰ230ＪＰを両手で握っていた。刑事用の自動拳銃だ。その後方には、同僚の女性刑事が見える。

三雲という名だったか。レディースミスを構えている。

堀内は身を起こした。

　橋爪の左脚は千切れていた。唸りながら、転げ回っている。羽鳥の顔面は血みどろだった。牧村の右腕は捥ぎ取られていた。

「その三人に手榴弾を投げつけたのは、このわたしだよ。大切な娘を拉致して、われわれ二人を殺そうとしたんだ。日垣会長を縛り首にしたのは矢部組の組長代行だよ」

　堀内は須賀に言って、両手を前に差し出した。

　須賀は拳銃をショルダーホルスターに収めると、大股で近づいてきた。

「悪運が尽きたな」

「捜二時代にきみに失点を与えたことでは、ずっと気が咎めてたんだ。須賀刑事に手錠を打ってもらえば、少しは……」

「それで償えたと思うなっ」

「もちろん、借りは一生、背負うつもりだよ」

　堀内は笑いかけた。須賀が目だけを和ませ、取り出した手錠を堀内の両手首に嵌めた。手つきは優しかった。

　斜め後ろで、奈穂が嗚咽を洩らしはじめた。

　堀内は居たたまれない気持ちになった。しかし、じっと動かなかった。自分に与えられた試練に耐え抜かなければ、生き直すことはできないだろう。

　手錠の冷たさが心地よい。堀内は静かにほほ笑んだ。

翌日の夜である。

須賀は新橋の高架下にあるカウンターバーでウイスキーのロックを傾けていた。隣のスツールには、相棒の美人刑事が坐っている。

理恵の前には、カクテルが置かれていた。アレキサンダーだった。

マスターは七十年配だ。ＢＧＭは昔のＲ＆Ｂだった。オーティス・レディングの掠れ気味の声が渋い。

「刑事部屋で祝杯を上げられなかったのがちょっぴり残念だったな」

理恵が言葉に節をつけた。

須賀は短く応じ、セブンスターをくわえた。千葉県内の総合病院に入院中の橋爪恒平の供述で、一連の売上金強奪事件の実行犯が元組員の東郷裕、里中伸洋、沖克巳の三人であることが裏付けられた。破門やくざたちを唆したのは橋爪だった。『日進ファイナンス』の社長は実行犯の三人に生活費を与え、行く行くは彼らを矢部組の準幹部にすると騙していた。

橋爪は淀野刑事にも似たような話を持ちかけ、東郷たち三人を毒殺させ、さらに情報屋の松浦もゴルフクラブで撲殺させたと自供した。

松浦は、橋爪が日垣会長と共謀して『サンライズ・トレーディング』の明石社長に

投資詐欺を強要したことを嗅ぎつけたらしい。それで橋爪は、淀野に松浦の口を封じさせたという。

「淀野さんが橋爪と通じてるだけじゃなく、四人も殺害してたなんてショックでした。彼は裏社会で羽振りのいい暮らしをすることを夢見てたんでしょうけど、橋爪を全面的に信じるなんて愚かだわ」

「そうだな。結局、淀野は橋爪に利用されて、矢部組の馬場に車で轢き殺されてしまった。自業自得だが、なんだか哀れだな」

「わたし、淀野さんに同情なんかしません。彼の不祥事によって、山根課長が所轄署に飛ばされるかもしれないですよ」

「気の毒なのは、課長かもしれない」

「課長こそ最大の被害者ですね。日垣会長はわがまま放題をして私腹を肥やしてきたんだから、矢部組の羽鳥と牧村に縛り首にされても仕方ないわ」

理恵が乾いた声で言い、カクテルグラスを口に運んだ。

「そうだな。それにしても、経済やくざの橋爪は殺人教唆罪を重ねてるが、ほとんど自分の手は汚してない。稀代の悪党だな」

「ええ、そうですね。橋爪は拳銃をぶっ放して、堀内弁護士の左腕に掠り傷を負わせただけです。直に手を汚したのはね」

「そうだったな。橋爪は他人に危ない橋を渡らせて、汚れた金で理事たちを抱き込んで、関東義誠会の新会長の座を狙ってた。唾棄すべき野郎だな」

「わたしも同感です。橋爪は表向きはジェントリーに振る舞ってるだけに、よけいに性質が悪いですよ」

「その通りだな」

「それはそうと、堀内弁護士は前手錠を掛けられたとき、ほっとしたような顔つきになったみたいでしたね。そうは見えませんでした？」

「見えたよ。堀内は、誰かが歯止めをかけてくれるのをずっと待ってたのかもしれないな」

「多分、そうなんでしょうね。だから、〝闇社会の救世主〟なんて呼ばれてた大物悪徳弁護士は娘の彼氏だったリチャード・ハミルトンと揉み合ってるうちに誤ってナイフで刺したことを包み隠さずに供述し、橋爪に死体の処理を任せた事実も喋ったんでしょう」

「堀内はそれだけではなく、これまでの不正な弁護活動のことも洗いざらい語ってくれた。裏社会の顔役たちを裏切った勇気は称えてやりたいね」

「彼は仮出所した日に刺客に狙われることになるんじゃないかしら？」

「おれが体を張って、堀内を護り抜いてやる」

須賀は言って、短くなった煙草の火を揉み消した。

「本気なんですか⁉　捜二時代に堀内弁護士に無念な思いをさせられたんですよね」

「あのときの悔しさは、いまも変わらないよ。ただ、堀内が裏社会と訣別して生き直そうとしてる気配が伝わってきたんだ」

「いつですか？」

「鴨川の廃屋で堀内に手錠を打ったときだよ。あのとき、おれは堀内の心境の変化をはっきりと感じ取れた。手錠を通じて、仲間意識みたいなものが伝わってきたんだ」

「堀内弁護士が検事時代のように、こちら側に戻ってくる予感を覚えたんでしょうね？」

「そうなんだ」

「いまの話を聞いて、わたし、謎が解けました」

「謎？」

「ええ、そうです。堀内が廃屋に入っても、須賀警部はすぐには踏み込もうとしませんでしたよね。あれは、堀内弁護士が本気で生き直す気になったかどうか確かめたかったからなんでしょ？」

「三雲は女暴走族上がりだが、ただの跳ねっ返りじゃないな。少し見直したよ」

「わたしも淀野さんと同じ〝改心組〟のひとりですけど、彼みたいに元の木阿弥にはならないつもりです」

「そっちは、いい刑事になりそうだ」

「ええ、頑張ります。ところで、堀内弁護士の娘さんはニューヨークの部屋を引き払って、日本に戻ってくるそうですね」

「おれも、そう聞いてるよ。娘の奈穂は父親の法律事務所を畳んだら、空間デザイナーとして働きながら、堀内の刑期が終わるのを待つそうだ」

「リチャードの一件があっても、親子の絆は断ち切れなかったんでしょうね」

「そうなんだろう」

「男女の絆もそれほど強いといいんだけどな」

理恵が言って、須賀の肩に頭を凭せかけてきた。

「もう酔ったのか？」

「恋人ごっこです」

「三雲は、おれの相棒だよ。色恋は抜きだ。いいな？」

須賀は笑顔で、美人刑事を撥ね除けた。

本書は二〇一五年三月に祥伝社より刊行された『手錠』を改題し、大幅に加筆・修正しました。

本作品はフィクションであり、実在の個人・団体などとは一切関係がありません。

文芸社文庫

闘犬刑事（デカ）

二〇二〇年二月十五日　初版第一刷発行

著　者　南英男
発行者　瓜谷綱延
発行所　株式会社　文芸社
〒一六〇-〇〇二二
東京都新宿区新宿一-一〇-一
電話　〇三-五三六九-三〇六〇（代表）
〇三-五三六九-二二九九（販売）

印刷所　図書印刷株式会社
装幀者　三村淳

ISBN978-4-286-21702-4

渡って、生きていくことになる。しかし、はぐれ狼はおいしい獲物にありつけない。

そのため、元組員たちは結束して、しばしば銀行強盗や貴金属店荒らしなどを重ねている。だが、仲間割れなどが原因で逮捕されることが少なくない。

この初秋から首都圏の大型スーパー、ディスカウントショップ、パチンコ店の売上金が現金集配車ごと強奪されるという事件が続発している。これまでの被害総額は、なんと百二十億円にのぼる。

組織犯罪対策部第四課は地道な捜査を重ね、犯行グループの主犯格が東郷、里中、沖の三人だと割り出した。しかし、主犯格の潜伏先までは突きとめられなかった。

須賀は相棒と一緒に三人の被疑者の身内や知人から情報をこつこつと集め、ようやく今夜、主犯格グループの隠れ場所を見つけ出したのだ。

倉庫内の事務室の中に東郷たち三人がいることは確認済みだった。ほかの共犯者がいる気配はうかがえない。

「庫内(こない)に売上金を積んだ現金集配車が隠されてるといいですね」

理恵が言った。

「おそらく、奪われた現金集配車は、解体工場でスクラップにされてしまっただろう」

「十三台とも？」

「多分な」

「どの事件でも、乗り逃げされた現金集配車は犯行現場から十キロ以内で忽然と消えてますよね。大型ヘリか何かで、現金集配車をワイヤーで吊り上げたのかしら？」

「そんなことをしたら、目立ってしまう。おおかた犯人グループは予め大型キャリーカーを待機させといて、現金集配車を手早く荷台に載せ、シートを被せたんだろうな」

「そういえば、不審なキャリーカーを目撃したという情報が多数寄せられてましたね」

「そうだったな」

「先輩の読み筋は正しいようですね。百二十億の現金は、いったいどこに隠されてるのでしょう？」

「あちこちに分散したんだと思うよ。斜め前の倉庫にも、少しは札束が保管されてるのかもしれないな」

「新和倉庫ビルの所有会社は、関東義誠会とはまったく接点がありませんでしたよね。東郷たちは何か汚い手を使って、倉庫ビルを借りたのでしょうか？」

「そうなんだろうな、多分。倉庫会社が過去に密輸品の類を保管したことがあれば、それだけで弱みになる」

「ええ、そうですね。ところで、主犯格の三人はまだ小物の部類です。わたし、東郷たち三人だけで絵図を画いたとは思えないんですよ」

「黒幕がいるんではないかってことだな？」

須賀は訊いた。

「そうです。わたしの読み筋はどうでしょう？」

「的は外れちゃいないだろう。破門された三人は悪党に徹する気になったんだろうが、どいつも傷害や恐喝の前科があるだけだ。要するに、小悪党にすぎない」

「ええ、そうですね」

「そんな奴らが大胆な犯行を踏めるとは思えない。悪知恵の発達した人物が後ろで主犯格の三人を操ってるんだろうな。その首謀者が事前に警備保障会社の社員を抱き込むかシステムに侵入して、現金集配車のルートや集金時刻を探り出してたにちがいないよ。事件のたびに見張り役のメンバーが入れ代わってるが、そうしろと黒幕が指示したんじゃないか」

「そうなのかもしれませんね。犯人グループは一度も拳銃を使ってません」

「そうだな。強奪犯グループは現金集配車の運転手、ガードマン、スーパーやパチンコ店の従業員たちの顔面に催涙スプレーを噴きつけて高圧電流銃で一、二分気絶させ、その間に目的を遂げた。スマートな手口だよな」

「ええ。元やくざにしては、上出来です。警備保障会社のガードマンたちも共犯だとは考えられませんか？」

「うちの綾瀬班が警備保障会社の関係者たちの私生活まで洗った末、犯人グループと繋がりのある者はひとりも浮かび上がってこなかったんだ。三雲の推測は当たってないと思うな」

「確かに被害に遭った警備保障会社の四社に怪しい点はうかがえなかったんでしょうけど、なんとなく釈然としません。担当のガードマンたちが、ほとんど無抵抗だったなんて……」

「強奪犯たちの中に小指の欠けてる奴がいたんで、運転手やガードマンはビビってしまったんじゃないか。堅気は、たいていヤー公を怕がるからな。下手に逆らったら、後日、家族に危害を加えられる恐れがある」

「そうだとしたら、日本の男はだらしがないな。腰抜けばかりなんですね」

理恵が失望の溜息をついた。

そのすぐ後、須賀の懐で刑事用携帯電話が振動した。ポリスモードと呼ばれている。張り込む前にマナーモードに切り替えておいたのだ。制服警官にはPフォンが貸与されている。

須賀は上着の内ポケットからポリスモードを取り出し、ディスプレイを見た。

発信者は課長の山根幹生警視だった。五十二歳で、ノンキャリア組の出世頭である。

「そっちに動きはねえよな?」

山根が、いつものべらんめえ口調で問いかけてきた。

「ええ」

「綾瀬班を含めて三個班が平和島に向かってる。総勢で十五人だ。家宅捜査令状（オフダ）は綾瀬が持ってる」

「そうですか」

「それからな、場合によっては『SIT（シット）』の連中にも出動してもらうつもりだ」

「わかりました」

須賀は短く応じた。

『SIT』は本庁捜査一課の特殊班で、頼りになる後方援護部隊だ。射撃の名手揃いである。ハイジャックや無差別テロに投入される特殊急襲部隊『SAT（サット）』ほど一般には知られていないが、優秀なチームだ。

「三個班が現場に到着したら、ただちに踏み込め！　須賀、抜かるんじゃねえぞ」

山根課長が発破をかけ、先に電話を切った。

ポリスモードを懐に収めたとき、かたわらで理恵が叫んだ。

「新和倉庫ビルの潜（くぐ）り戸の隙間（すきま）から白い煙が出ています。潜伏中の三人が張り込みに気づいて、発煙筒を焚（た）いたのかもしれませんね」

「だとしたら、煙幕（えんまく）を張って逃げる気なんだろう」

「そうなんでしょうか」

「三雲、突入するぞ。そっちは倉庫ビルの裏手に回れ」

須賀は早口で命じ、急いで覆面パトカーから出た。

理恵もスカイラインから降り、すぐに走りだした。動きは敏捷だった。足音は、ほとんど聞こえない。

須賀はショルダーホルスターから、シグ・ザウエルP230JPを引き抜いた。刑事用の自動拳銃だ。32ACP弾仕様で、装弾数は八発プラス一発である。二〇〇六年からニューナンブM60の後継銃として採用された。S&WのM360Jは、小型リボルバーだ。主に制服警官に貸与されている。

須賀は新和倉庫ビルの前まで駆けた。

シャッターは下がっていた。潜り戸の隙間から煙が洩れている。煙は無臭だった。

須賀は拳銃を両手で保持したまま、潜り戸を思い切り蹴った。

だが、内錠は外れなかった。須賀は数メートル退がった。セーフティーを解除し、撃鉄を親指の腹で掻き起こす。

須賀はノブに狙いをつけて、一気に引き金を絞った。少しもためらわなかった。

重い銃声が轟いた。手首に反動が伝わってきた。硝煙が鼻先を掠め、ゆっくりと拡散する。

ノブは弾け飛んでいた。内錠も壊れた。

須賀は潜り戸を通り抜け、庫内に躍り込んだ。

白煙が立ち込めていた。須賀は煙幕を割って、突き進んだ。

ほどなく視界が展けた。庫内は二百畳ほどの広さだ。左手の奥に積み荷が見える。木箱の一部は炎に包まれていた。

右端に事務室がある。須賀は用心しながら、事務室に近づいた。

室内に飛び込むと、三人の男が床に倒れていた。主犯格の三人だった。事務室の照明は煌々と灯っている。

東郷、里中、沖の三人は自分の喉を掻き毟るような恰好で絶命していた。いかにも苦しげな死顔だった。里中は恨めしげに虚空を睨んでいる。ソファは乱れていた。コーヒーテーブルの上には、飲みかけの赤ワインのボトルが載っている。三つの紙コップは死体のそばに転がっていた。

須賀は自動拳銃をショルダーホルスターに収め、ゆっくりと屈み込んだ。

そのとたん、アーモンド臭が鼻腔を撲った。須賀は三つの遺体に顔を近づけた。アーモンド臭は三人の口許から発していた。どうやら東郷たちは、青酸化合物入りの赤ワインを飲んで命を落としたようだ。

「先輩、裏の通用口は開いてました。だけど、誰もいませんでした」

　理恵がそう言いながら、事務室に駆け込んできた。

　小型自動拳銃のレディースミスを握っている。女性刑事には、Ｍ３９１３レディースミスかＨ＆Ｋ社製のＰ２０００が貸与されることが多い。すぐに理恵は、三人の男が床に横たわっていることに気がついた。

「救急車の手配をします」

「その必要はないよ。もう東郷たち三人は死んでる。毒を盛られたようだ。黒幕が青酸化合物入りの赤ワインを差し入れたんだろう」

「実行犯たちの口を封じたんでしょうね？」

「そう考えてもいいだろうな」

「先輩、積み荷が燃えてました」

「ああ、知ってる。どこかに消火器があるはずだ。そっちは鎮火して、支援の連中をここで待て。おれは倉庫ビルの周辺をチェックしてみる」

　須賀は言って、事務室を出た。燃えている荷の陰を透かし見てから、通用口から表に飛び出す。

　須賀は駆け足で、新和倉庫ビルの周りを巡ってみた。だが、不審な人影は見当たらない。怪しい車も目に留まらなかった。

　須賀は舌打ちして、頭上の月を仰いだ。

2

会話が途切れた。

堀内一仁はネクタイの結び目を緩め、脇息に片方の肘を預けた。

千代田区紀尾井町にある老舗料亭の奥座敷だ。控えの間付きの座敷だった。

弁護士の堀内は上座に着いていた。黒漆塗りの座卓の向こう側には、軽油密造屋の宇都宮潔がいる。

まだ四十七、八歳のはずだが、五十代の半ばに見える。頭髪が薄いせいだろうか。

「大事な商談があるから、席を外してもらえないか」

宇都宮が侍っている二人の年増芸者に声をかけた。どちらも四十代の後半だった。

芸者たちが心得顔で立ち上がり、すぐ部屋から消えた。

「堀内先生のお力はたいしたものですね。例の国税庁の税務調査官から正午過ぎに電話がありまして、税務調査を打ち切ることにしたと……」

「そう。それはよかったね」

「はい。先生のご尽力で、昨年度の脱税分の一億七千万円はお目こぼしになりました。重加算税を含めて追徴金をごっそり持っていかれると半ば覚悟していたのですが、本当に助かりましたよ。厚くお礼申し上げます」

「めでたし、めでたしだね」

堀内は言って、茶色い葉煙草(シガリロ)に火を点(つ)けた。

一席設(もう)けてくれた宇都宮は、八年近く前から軽油密造で荒稼ぎをしている。その種の裏ビジネスは旨味(うまみ)がある。軽油はオイル製品だが、密造屋たちはわざわざ原油から精製しているわけではない。重油の色を抜いているのだ。

ひと口に重油といっても、A重油からD重油まである。その違いは、重油に含まれるパラフィン、アスファルト、その他(た)の不純物質の含有量だ。その量によって、おのおののランクに区別されている。

最も品質の高いA重油の成分は、ほぼ石油に近い。A重油は黒色だ。その色を抜けば、軽油になる。軽油密造が儲(もう)かるのは、軽油引取税が定価の三十数パーセントと高いせいだ。軽油を仕入れて、まともに売っても利益は少ない。

そこで悪知恵の発達した者が安いA重油を大量に仕入れ、人里離れた山の中で色抜きをするようになったのだ。軽油密造に大規模な工場は必要ない。機材もたやすく手に入る。

密造屋たちは大量に買い込んだA重油をタンクに入れ、適量の濃硫酸(のうりゅうさん)を加えて、まんべんなく一定の時間攪拌(かくはん)する。

すると、色素や不純物は濃硫酸に吸い取られる。タンク内に圧縮空気を送り込むと、比重差によって重油と色素や不純物を含んだ濃硫酸は分離する。

濃硫酸はタンクの底部に沈殿する。それを抜けばいい。それで、作業は完了だ。

密造された軽油をこっそりと買っているガソリンスタンドは意外に多い。低価格で仕入れられるから、利益幅が大きくなる。双方にとって、メリットがあるわけだ。

軽油小売価格は、一リットル当たり九十円前後である。そのうちの三十二、三円を都道府県に軽油引取税として払わなければならない。

安いA重油を軽油にして売れば、一キロリットルに付き三万数千円の脱税ができる。軽油密売業者たちは、その脱税分をそっくり懐に入れている。

税務署には、あくまでもA重油を仕入れて、それを転売したと申告する。もちろん、脱税行為だ。

「堀内先生、いったいどんな手品を使ったのでしょう？　後学（こうがく）のために、こっそりと教えていただけませんか」

「それを教えたら、商売上がったりだよ」

堀内は微苦笑（びくしょう）し、シガリロの火を揉（も）み消した。

軽油密造屋が共通の知人である仕手集団屋の紹介で六本木の堀内の法律事務所を訪ねてきたのは、ちょうど一週間前だった。

堀内は宇都宮の相談を受けると、所長室にベテラン調査員の浅利辰典を呼びつけた。元検察事務官の浅利は四十六歳で、並の刑事よりも調査能力がある。

堀内は、宇都宮をマークしている国税庁の税務調査官の私生活を徹底的に調べるよう指示した。浅利から調査報告を受けたのは、きのうの夕方だった。

調査対象の税務Gメンはギャンブル好きで、十数人の大口脱税者から二百万円前後の口止め料をせしめていた。併せて二千五百万円以上だった。さらに税務調査官は、追徴金の一部を着服していた。れっきとした公金横領である。

今朝、堀内は国税庁に電話して、不正を働いた税務Gメンに穏やかに脅しをかけた。

相手は、五十三歳の堀内が大物の悪徳弁護士であることを知っていた。事実、堀内は裏社会の首領たちに〝闇社会の救世主〟と崇められている。

税務調査官は震え声で、軽油密造屋の税務調査はただちに打ち切ると告げた。そして、いまにも泣きだしそうな声で自分の犯罪を見逃してほしいと哀願した。堀内は相手の願いを聞き入れ、電話を切った。

「先生に足を向けては寝られません。感謝の気持ちで一杯です」

宇都宮が徳利を手に取った。

堀内は黙ってうなずき、酌を受けた。最高級の純米酒は喉ごしがよかった。

「先生は六年前まで東京地検特捜部のエース検事でいらしたのに、なぜ弁護士に転向されたんです？」

「社会悪と闘いたいと思って検察官になったのだが、青臭い正義感だけでは世の中をクリーンにできないと痛感させられたんだよ」

「そうですか」

「この国の支配階級と闇の勢力は裏でしっかり繋がってるから、社会構造を変えることも犯罪の根絶も難しい。だから、ヤメ検弁護士になったんだ」

「失礼な言い方になりますが、名より実を取る気になったということですね？」

「その通りだ。きみは、どんな家で育ったのかな」

「郷里は信州の松本なんですよ。親父は役場の戸籍係をやっていました。父親はちまちまと生きていたので、思春期のころから反抗ばかりしてましたね」

「親父さんのような生き方は冴えないと感じてたんだ？」

「ええ、そうです。たった一度の人生ですから、思う存分に生きるべきでしょ？　欲も向上心もない親父のことは軽蔑してましたね。そんなことで高二のときに父と大喧嘩して、わたし、家を飛び出しちゃったんですよ」

「高校は中退しちゃったのか」

「そうなんです。着のみ着のままで家出したので、上京しても住む所がありませんでした。だから、最初はパチンコ屋の住み込み店員になったんです。それからは半年か一年で職を転々として、バブルのころに地上げ屋の手伝いをしましてね、小金を手に入れたんですよ」

「それを元手にして、何か事業を起こしたんだね？」

「そうなんですよ。スタンド式のカレーショップを開いたんです。その店が予想外に繁昌したので、次に花屋の経営に乗り出しました。その商売も当たりまして、妻にブティックとフレンチレストランをやらせたんです。ですが、妻にはまったく商才がなかったみたいで赤字つづきでした」

「どんな商売も素人が手を出したって、うまくいくもんじゃないよ」

「おっしゃる通りですね。借金取りに追われるようになると、夫婦仲が悪くなりまして、結局は別れることに……」

「お子さんは？」

「恵まれませんでした。わたしは借金を返すため、いまの危い仕事をやりはじめたんですよ。おかげさまで借金はとうに返し終えたのですが、ボロい裏ビジネスなんで、なかなか足を洗えなくて」

　宇都宮がばつ悪げに言って、頭に手をやった。

「高校を中退してしまったとはもったいない話だな。わたしはね、岡山の寒村で生まれたんだよ。父親は頑固一徹だったが、真面目に製材所で働いてた。でもね、気の毒になるほど給料は安かった。わたしを含めて子供が五人もいたんだよ。おふくろが内職をしなかったら、子供たちの給食代も払えないほど貧乏だった」

「てっきり先生はお坊ちゃん育ちだと思ってましたが……」

「いや、そうじゃないんだ。家計を扶けながら、県立の定時制高校に通ったんだよ。大学も一部ではなく、二部だった」

「昼間は働いてたんですね？」

「そう。給料のいい重労働ばかりやってたよ。自分でアパートの部屋代と大学の授業料を払わなきゃならなかったから」

「苦労されたんですね」

「その当時は世の中全体が貧しかったから、わたしと似たような若者は何人もいたよ。でも、ずいぶんひもじい思いをしたな。食事代を浮かせて法律書を買うため、一日一食しか摂れないこともあった。メロンパン一個とか、掛けうどん一杯とかね。カツ丼や天丼なんか食べたことなかったな、学生時代は」

「大学生のころから、将来は検察官になりたいと思ってたのですか？」

「そうなんだ。わたしは子供のころから頭のいい奴が家庭の事情で義務教育しか受けられなかったり、出自のせいで横道に逸れてしまったケースをたくさん見てきた。だから、マイナーな生き方を強いられた連中が明るく暮らせる世の中にしなければいけないという使命感に駆られたんだ」

「偉いな。大学在学中に司法試験にパスされたのですか?」

「残念ながら、それほど優秀な人間じゃないよ。司法浪人を二年やって、やっと合格したんだ」

堀内は言って、伊勢海老の刺身を口に入れた。

司法試験に通っても、すぐに検事になれるわけではない。翌春、堀内は当時、文京区湯島にあった司法研修所に入った。裁判官、検事、弁護士の研修を受け、二年後に晴れて検察官になった。

最初に配属されたのは東京地検だった。新任の検事は大都市の地方検察庁で一年間の見習い期間を経て、地方都市の地検に転属される。そのパターンは慣習だった。

堀内は佐賀地検、名古屋地検、浦和地検、高知地検と異動した。結婚したのは名古屋地検時代だった。

三つ下の姿子は、大学時代の恩師の長女である。気立てがよく、万事に控え目だった。結婚した翌年にひとり娘の奈穂が生まれた。官舎暮らしだったが、家庭生活は充実していた。

検事は、赤レンガ派と現場捜査派に大別される。赤レンガとは、法務省旧館の外壁を指す。赤レンガ派は法務官僚や閨閥に護られた検察官のことで、その八割近くは東大法学部出身者だ。彼らは検事になった当初から、出世が約束されていると言っても過言ではない。検察首脳部は赤レンガ派で占められている。

叩き上げの堀内は現場捜査派だった。出世欲がなかった分、誰にも遠慮することなく数々の汚職事件、収賄事件、公金横領事件などに真っ向から挑めた。その結果として、堀内は多くの手柄を立てることになった。

そうした功績が認められ、三十代後半で東京地検特捜部に転属になった。異例の抜擢だった。

東京地検特捜部には四十数人の検事がいるが、エリートが圧倒的に多い。法務省から出向しているキャリア官僚と先輩検事の娘を妻にした者が大部分だ。残りが叩き上げの現場捜査派である。

堀内は赤レンガ派の上司の顔色をうかがうことなく、大物国会議員、高級官僚、財界人の絡む汚職を次々に摘発した。起訴する前に外部から圧力がかかることは度々だったが、決して屈しなかった。叩き上げの検事や検察事務官たちには英雄視されたが、赤レンガ派には〝ドン・キホーテ〟と揶揄された。

堀内は笑って陰口を聞き流した。そして、自分の正義を貫いた。権力者たちの不正を暴いて法廷に立たせるたびに、小気味よさを味わえた。

狡猾な大物たちは見苦しくうろたえ、弁解に終始する。そういう姿を見て、堀内は密かに下剋上の歓びを味わった。

　職場には敵が多かったが、堀内は法の番人でありつづけたいと考えていた。

　そんなとき、元総理大臣の汚職疑惑が浮上してきた。元首相は政権を担っているころに私設秘書の妻の口座を使って、七社の大企業から〝裏献金〟を吸い上げていた疑いがあった。

　確証はなかった。しかし、傍証はあった。

　堀内は検察事務官たちの協力を得て、立件の準備を進めた。そのさ中、検事総長から呼び出しがかかった。

　指定された割烹の奥座敷には、検事総長と現職の法務大臣が待ち受けていた。検察の人事権は法務省が握っている。すぐに堀内は呼び出された理由を察した。

　案の定、検事総長と法務大臣は元総理大臣の一件の捜査資料をすべて破棄するよう命令した。堀内は怯みかけたが、命令には従えないと断った。検事総長と法務大臣は呆れ顔になった。

　堀内は二人に目礼し、先に席を立った。ビールは一滴も飲まなかった。会席料理にも箸をつけなかった。

　その数日後、堀内は特捜部の部長から別の汚職事件の捜査を命じられた。当然、異論を唱えた。だが、聞き入れられなかった。

新しい事件の捜査に携わって間もなく、元総理大臣に関する捜査資料はことごとく職場から消えていた。検事総長が誰かに捜査資料を処分させたことは明らかだ。しかし、それを立証することは不可能だった。

法律は万人に公平であるべきだ。だが、それは理想論に過ぎないと思い知らされた。悔しかった。堀内は敗北感に打ちのめされた。ひどく虚しかった。

妻の姿子が深刻な心臓疾患に罹っていることがわかったのは、その翌月だった。堀内は娘と相談して、半ば強引に都内の大学病院で姿子に手術を受けさせた。

だが、術後の経過は思わしくなかった。妻はベッドで寝たきりになってしまった。

堀内は姿子をかけがえのない女性と思っていた。なんとか妻に健康を取り戻してほしかった。

インターネットを使って、欧米から心臓移植手術の最新情報を集めた。衰弱し切った妻の命を救える途は海外での心臓移植手術しかなかった。アメリカのボストンにアジア人の移植手術を多く手がけているドクターがいた。

堀内はアメリカで妻に心臓移植手術を受けさせる決意をした。しかし、問題があった。手術費用や付添人の渡航費、滞在費を含めて九千四百万円は必要だった。

大田区内にある自宅マンションは、まだローンが三千万円以上も残っている。売却しても、二千万円ほどの金しか手許に残らないだろう。

堀内は金策に駆けずり回った。しかし、目標額の半分も集まらなかった。そうこうしているうちに、姿子は入院先で亡くなってしまった。ちょうど十年前のことだ。ほぼ時を同じくして、堀内は特捜部の閑職に追いやられた。告発係の担当にさせられたのである。

娘の奈穂が大学を卒業するまでは、屈辱感に耐えなければならない。堀内は自分にそう言い聞かせて、職場で来る日も来る日も市民から寄せられた告発の手紙に目を通しつづけた。そうして、三年半の月日を過ごした。

そんなある晩、堀内は自宅マンションでぼんやりとテレビを観ていた。重い心臓病で苦しんでいた五歳の少女が全国から集められた一億数千万円の寄付金でアメリカで臓器移植手術を受け、すっかり元気になったと報じられた。

金があれば、妻を若死にさせずに済んだのではないだろうか。

堀内の心の中で、そんな思いが急に膨れ上がった。娘の奈穂には寂しい思いをさせてきた。亡妻の分まで奈穂を幸せにしてやりたい。

社会の歪みを正したくて検事になったのだが、世の中には見えない壁が張り巡らされている。法律には限界があることを思い知らされたせいか、孤軍奮闘することがばかばかしくなった。

個人の力では、何も変えられない。蟷螂の斧は所詮、儚い抵抗だ。幼いころから金には苦労させられてきた。少しは贅沢な生活を味わっても、罰は当たらないだろう。

そういう気持ちが日ごとに強まり、堀内は東京地検を辞めた。

すぐに弁護士登録をし、渋谷の雑居ビルに事務所を構えた。女性事務員をひとり雇っただけで、調査員を採用する余裕はなかった。

開業した翌月、ある全国紙に堀内がヤメ検弁護士になったことが取り上げられた。

翌日から次々と弁護依頼が舞い込んだ。大物政財界人や裏社会の顔役たちの民事弁護をこなしているうちに、わずか半年で十億円近い報酬を得た。極貧家庭に育った堀内には夢のような出来事だった。

いったん金の魔力に取り憑かれたら、さらに欲は深まった。堀内は依頼人を選ばなくなった。いつしか闇の紳士たちの救世主になっていた。罪悪感は薄らいでいた。

もともと差別される側に肩入れする気持ちがあった。裏社会でしか生きられないアウトローたちを支援したいと思い、黒いものも白くしてきた。その謝礼として、数千万円から億単位の金が懐に転がり込んでくる。

弁護士になって一年後にはオフィスを六本木ヒルズに移し、白金にあるプール付きの豪邸を七億円で購入した。敷地は三百坪近い。

ここ数年は年収十五億円を下ったことはない。二十五歳になった娘の奈穂は都内の名門女子大を出て、二年半前からニューヨークで空間デザインを勉強中だ。

「先生、これは謝礼です」

宇都宮がそう言い、座卓の下からジュラルミンケースを取り出した。卓上に置き、蓋を開ける。帯封の掛かった札束がびっしり詰まっていた。

「領収証は切れないよ」

「わかっています。お約束の三千五百万円が入っていますので、ケースごとお持ち帰りになってください」

「そうしよう」

堀内は立ち上がった。宇都宮がジュラルミンケースの蓋を閉め、玄関先まで運んだ。料亭の車寄せには、黒塗りのハイヤーが横づけされていた。センチュリーだ。六十年配の運転手が恭しく国産高級車のリア・ドアを開けた。

堀内は後部座席に腰を沈めた。軽油密造屋がさりげなくジュラルミンケースを堀内のかたわらに置き、深々と頭を下げた。

運転手が静かにセンチュリーのドアを閉め、運転席に乗り込んだ。

「ご自宅は白金二丁目におありだとうかがっていますが、そちらにお送りすればよろしいのですね？」

「いや、広尾三丁目の『広尾グランドパレス』まで頼むよ。今夜はセカンドハウスで考えごとをしたいんだ」

堀内は、もっともらしく言った。そのマンションの八〇五号室に愛人の内海明日香(うつみあすか)を囲っていた。

明日香は三十四歳で、元国際線の客室乗務員(キャビンアテンダント)だ。堀内は独り暮らしの侘(わび)しさに耐えられなくなって、二年前からもっぱら愛人宅で暮らしていた。

ハイヤーが滑るように発進した。

堀内は背凭(せもた)れに上体を預け、軽く目を閉じた。愛人宅に着いたのは、およそ二十分後だった。

堀内は『広尾グランドパレス』のオートロック・ドアを抜け、エレベーターで八階に上がった。スペアキーで玄関のドア・ロックを解(と)き、部屋の中に入る。

間取りは3LDKだ。明日香は寝室のドレッサーの前に坐り、顔に乳液をはたき込んでいた。白いバスローブ姿だった。湯上がりなのだろう。

「お帰りなさい」

「きみにいい物を見せてやろう」

堀内はダブルベッドの上でジュラルミンケースの蓋を開け、札束の帯封を切って一万円札を次々に撒(ま)き散らした。

「何をしてるの?」

明日香がドレッサーから離れた。堀内はにやついて、万札を散らしつづけた。ほどなくベッドカバーは紙幣で見えなくなった。

「社会人になるまで、わたしはこんな紙切れに苦労させられ通しだったんだよ。今夜は、その仕返しをしてやりたいんだ」

「意味がわからないわ」

明日香が小首を傾げた。堀内は愛人をベッドの上に押し倒した。

「お札の上で愛し合おうってことね？」

「そうだよ。裸にしたら、思い切り体をくねらせてくれ。恨みのある札をできるだけ多く引き千切ってやりたいんだ」

「なんか面白そう！　協力するわ」

明日香が瞼を閉じた。堀内は愛人に斜めに覆い被さり、バスローブのベルトをほどいた。

3

いつになくコーヒーが苦い。

昨夜の忌々しさが胸底に蟠っているせいか。須賀はマグカップを机上に戻し、セブンスターをくわえた。

警視庁本部庁舎の六階にある組織犯罪対策部第四課の自席だ。同じフロアに捜査一課、刑事総務課、刑事部長室などがある。

須賀が所属している課の刑事部屋は広い。だが、雑然と散らかっていた。一応、班ごとに机が並べられているが、どこもきちんとは整頓されていない。自席に坐っている刑事はあまり多くなかった。

須賀は紫煙をくゆらせながら、前夜のことを思い出していた。

支援の三個班が新和倉庫ビルに到着してから十数分後、本庁機動捜査隊の面々と所轄の大森署の捜査員たちが臨場した。初動捜査だ。鑑識係員たちも駆けつけ、真っ先に作業が行われた。須賀と理恵は、初動捜査担当の刑事らに事件状況を説明した。綾瀬班たち三個班に支援を要請したことも語った。

そうこうしているうちに、検視官が到着した。初老の検視官は死体を見るなり、東郷たち三人は青酸カリ入りの赤ワインを飲んで死んだと断定した。現場検証が終わると、三つの遺体は所轄署に搬送された。

「この刑事部屋、臭くてたまらないわ」

左隣に坐った理恵が口を開いた。

「三雲と事務職の女性を除けば、男ばかりだからな」

「体育会系の部室にいるようで、長時間はいたくないって感じですね」

「そのうち、課長から何か指示があるだろう」

「司法解剖、もう終わってますよね。午前中にやるって話でしたから」

「終わってるはずだよ」

須賀は煙草の火を揉み消し、左手首のオメガに目を落とした。午後一時半を回っていた。

「須賀、ちょっと来てくれねえか」

山根課長が大声で言った。須賀は椅子から立ち上がり、課長の席に足を向けた。

「昨夜は惜しかったな。おれの判断が甘かったんだ。まさか潜伏中の東郷たちが毒殺されるとは予想もしてなかったからな」

「こっちも同じです。課長、東京都監察医務院で行なわれた司法解剖の所見は？」

「さっき手許に届いたよ。やっぱり、三人の胃から青酸カリが検出された。致死量の二倍近かったというから、東郷たちは赤ワインをひと口か二口飲んだだけで、くたばっちまったんじゃねえのか」

山根が言った。

「おそらく、そうだったんでしょう。死亡推定時刻は？」

「昨夜十時半から十一時四十分の間とされた。須賀たちが新和倉庫ビルに踏み込んだのは、十一時二十分前後だったという話だよな？」

「そうです。東郷、里中、沖の三人は突入直前に死んだんだと思います。庫内にあった積み荷は火を点けられて間がないようでしたので」

「毒入りワインを三人に差し入れて積み荷に火を放った奴は通用口から逃げたんだろうが、所轄署はいまのところ一件の目撃証言も得てねえそうだ。今後の地取り捜査で何か手がかりを得られるかもしれねえけどな」

「そうですね。鑑識からの報告は？」

「犯人の足跡以外は、まったく遺留品は見つからなかったってよ。赤ワインの壜には、東郷と里中の指掌紋しか付着してなかった。三つの紙コップにも、それぞれ被害者の指紋と掌紋しか付いてなかったらしい」

「犯罪に手馴れてる奴の仕業なんでしょう」

「東郷たちに百二十億円の売上金を強奪させたのは、堅気じゃねえな」

「こっちもそう読んでるんですよ。ところで、捜一は大森署に帳場を立てるんでしょうか？」

須賀は訊いた。

警視庁や各道府県警本部は管内で殺人など凶悪な事件が発生すると、所轄署に捜査本部を設ける。そのことを警察用語で、帳場が立つという。警視庁の場合は捜査一課強行犯捜査係の刑事たちが所轄署に出張り、地元署員たちと協力し合って事件の解決に当たる。

　捜査本部に詰めるのは、殺人犯捜査第一係から第七係のいずれかだ。各係は十数人で構成されている。所轄署の刑事たちと合同捜査に当たるのは第一期の一カ月だけで、それ以降は本庁の捜査員たちだけで真相に迫る。ちなみに、捜査本部事件の経費は所轄署が負担している。捜査本部長には本庁の刑事部長、副本部長には所轄署の署長が就く。

「正午前に刑事部長室に呼ばれたんだよ。刑事部長は被害者（マルガイ）が三人も出たんだから、捜一に主導権を持たせたがってた。しかし、毒殺された三人は元組員だったんだ。本来、うちの課の領域（テリトリー）じゃねえか」

「そうですよね」

「だからさ、おれは刑事部長に言ってやったんだ。どうしても帳場を立てるんだったら、うちの課も嚙（か）ませろってな。そうじゃなきゃ、おれたちの立場がねえだろうがよ」

「おっしゃる通りですね。で、刑事部長はどういう判断をされたんです？」

「捜一との合同捜査を認めるってさ。ただし、一個班程度の投入に留（とど）めてくれってよ。捜一においしいとこを持ってかれるのは癪（しゃく）じゃねえか。それに須賀や三雲だって、このままじゃ、すっきりしねえよな」

「それはそうですね。われわれペアが東郷たちの潜伏先をやっと突きとめたわけですから」

「そうだよな。捜一に遠慮しないで、おまえら二人で先に東郷たちを操ってた首謀者を検挙(アゲ)てくれ。捜一の奴らが捜査妨害するようだったら、おれは尻(けつ)を捲(まく)る。だから、須賀たちは好きにやってくれ。これが昨夜(ゆうべ)の初動捜査の資料だ」

山根課長が書類を差し出した。それを受け取り、須賀は自分の席に戻った。

相棒の女刑事に山根課長との遣(や)り取りを手短に話し、捜査資料にざっと目を通す。特に大きな手掛かりはなかった。

「三雲、東郷たち三人の身内や知人たちにもう一度会ってみよう。被害者(マルガイ)たちと最近、接触してた人物がいるかもしれないからな」

「そうですね」

「よし、行こう」

須賀たちは刑事部屋を出て、エレベーターで地下二階に下(くだ)った。地下二、三階は車庫になっている。地下四階は機械室だ。

須賀たちは覆面パトカーのスカイラインに乗り込み、文京区千駄木(せんだぎ)一丁目に向かった。東郷裕の実家は、千駄木で豆腐(とうふ)屋を営(いとな)んでいる。東郷の父親はすでに亡くなり、母と同居している兄夫婦が家業を継(つ)いでいた。

東郷豆腐店に着いたのは、およそ三十分後だった。店には、東郷の兄嫁しかいなかった。夫と姑は大塚の東京都監察医務院に出かけたという。東郷の亡骸を引き取りに行ったのだろう。

兄嫁は、義弟の交友関係について何も知らなかった。須賀たちは礼を述べ、スカイラインに乗り込んだ。

「先輩、東郷の自宅マンションに行ってみましょうよ。マンションの入居者が東郷の部屋に出入りしてる人物を憶えてるかもしれませんので」

三雲が言った。

須賀は同意し、覆面パトカーを新宿区に向けた。東郷が借りていた低層マンションは余丁町の裏通りにある。

目的地に着いたのは二十数分後だった。

須賀は三階建ての賃貸マンションの前にスカイラインを停めた。そのまま路上駐車する。エレベーターは設置されていなかった。二人は階段を使って、三階に上がった。

東郷の部屋は三〇四号室だ。

その部屋の前に、けばけばしい服装の若い女がうずくまっていた。涙ぐんでいる。

青い玄関ドアには、カラフルな花束が凭せかけてあった。

「きみは東郷の知り合いなんだね？」

須賀は、泣いている女に話しかけた。

相手が弾かれたように立ち上がり、手の甲で涙を拭った。マスカラが涙で溶け、頬は黒くくすんでいた。あどけなさを留めている。二十歳そこそこだろう。

「おたくたちは？」

「警視庁の者だよ」

須賀は穏やかに言って、顔写真付きのＦＢＩ型警察手帳を呈示した。

「東郷さんを毒殺した犯人を早く捕まえて。彼はやくざ者だったけど、あたしにはすごく優しくしてくれたの。東郷さんが殺されたことをネットニュースで知って、ここに来たのよ」

「きみは東郷の彼女だったのかな？」

「ううん、妹みたいなもんよ。あたしね、歌舞伎町のキャバクラで働いてるんだけど、二年ぐらい前から東郷さんが店に時々、来てたの。それでね、あたしを指名してくれてるおっさんがしつこくアフターにつき合えって絡んだとき、東郷さんがそいつをおとなしくさせてくれたのよ」

「そう」

「あたし、お礼のつもりで東郷さんに抱かれてもいいと思ったの。で、その晩、自分のほうからホテルに行ってもいいと言っちゃったわけ。そしたら、東郷さんは哀しそうな顔してさ、『もっと自分を大事にしろ』と呟いたの。あたしが彼をお兄さんのように慕うようになったのは、それからね」

「東郷が関東義誠会坪井組の組員だったことは知ってたな？」

「うん、知ってたわよ。中国製トカレフのノーリンコ54を持ち歩いてたけど、あたし、東郷さんのことを怕いと思ったことなんか一度もなかったわ」

「東郷裕が坪井組を破門されたことも知ってた？」

　理恵が口を挟んだ。

「知ってたよ。集金したみかじめ料の半分をネコババしちゃったのよね。でも、東郷さんはポッポに入れたお金を目をかけてる舎弟にそっくり回してやったんだと言ってたわ。その弟分はワンルームマンションの家賃を何カ月分も滞納してたんだってさ」

「そう。破門されてから、東郷はどこかの組の盃を貰う気でいたのかな」

「そのあたりのことは、あたし、わかんない。でもさ、大阪の浪友会の幹部が自分とこで面倒見てやってもいいって言ってきたみたいよ」

「その極道の名前は？」

　須賀は理恵を手で制し、早口で訊いた。

「えーと、確か川端だったわね。そう、川端峰雄だわ。あたし、お店で東郷さんから代紋入りの名刺を見せてもらったから、間違いないわよ」

「そう」

「その幹部の直系の子分にしてやると言われたみたいだけど、東郷さんはあまり気乗りしてない感じだったわね」

「その後、その話はどうなったんだろう？」

「わからないわ。その件については、東郷さん、二度と触れなかったんで」

「そう。東郷は、きみが働いてる店に里中って男を連れてこなかった？」

「里中さんなら、二度、東郷さんと一緒に来たよ。荒木組を破門された里中さんのことでしょ？」

「そうだ。沖克巳という二十七、八歳の男を連れてきたことは？」

「その男のことは知らないわ。やっぱり、関東義誠会の下部団体にいた人なの？」

「ああ。沖は権藤組にいたんだが、不始末を起こして、組から追放されたんだよ。そいつはプロボクサー崩れだったんだ」

「そうなの」

「マスコミには伏せてあるんだが、東郷は里中や沖とつるんで、大手スーパーやディスカウントショップの売上金を強奪した疑いがあるんだよ。初秋から現金集配車強奪事件が続発してること、知らないか？」

「知ってる、知ってる。あたし、新聞は取ってないけど、ネットニュースはよく観てるから。トータルで百億以上の売上金が現金集配車ごとかっぱらわれた事件よね？」

「ああ」

「東郷さん、どでかいことをしたのね。そのうち何かやるかもしれないと感じてたんだけど、スケールが大きいじゃないの。やっぱり、チンピラじゃなかったんだ」

キャバクラ嬢が感心した口ぶりで言った。

すると、理恵が若い女を睨(にら)んだ。

「あんた、警察をなめてんの！」

「別に。でもさ、ちょっとスカッとするじゃない？　いまの世の中って、要領のいい企業や人間が好きなだけ儲けてさ、一般人(パンピー)は何かと割喰(わりく)ってるでしょ？」

「あんただって、客の男たちに調子のいいことを言って、金を遣(つか)わせてるんでしょうが！　要領は悪くないと思うよ」

「あたしは、モテない男たちに夢を与えてやってんの。別段、騙(だま)してるわけじゃないわ」

「気のある振りをして、客たちにブランド物のバッグや腕時計をねだってるんでしょう？」

「うん、それはね。でも、高いプレゼントをされても、やたら客とは寝てない」

「そんなの当然よ。自慢げに言うことじゃないわ」

「女警(じょけい)の中ではマブいんだろうけど、あんまし偉そうなことを言わないでよ。ちょっ